のことば

朝日新聞出版編

朝日文庫

本書は二〇〇二年五月、朝日新聞社より刊行されたものです。

目次

本書は、『街道をゆく』文庫版全43巻から、とくに旅にかかわる「ことば」を読みなおす趣旨で抜粋し、編んだものです。

各引用は原則として数行にとどめています。本書が『街道をゆく』の世界に立ち返り、通読する愉しみをふたたび味わう機会に、あるいは新たな出会いの機会になれば幸いです。

・説明が必要と思われる個所の〈前書き〉は編集部でつけ、各引用の末尾に（　）で、巻数と紀行名、章名を示しています。

・配列は原則として巻数順、ページ順です。

司馬遼太郎　旅のことば

歴史と風土にであう旅

——洛東江《ナクトンガン》東岸の倭館で

村の外側に、まっすぐ北へのびている赤土の道があり、粗道ながらどこか気品のようなものが感じられた。たまたま牛をひいてきた農夫をつかまえてきいてみると、やはりソウルへいたる古官道であるという。日本でいえば旧中仙道とか、旧東海道とかに相当する道であろう。

（二巻　百済《ペクチェ》の旅、洛東江のほとり）

——琵琶湖畔の海津《かいづ》で

「海津の港といいますが、ここはもう港ではないのですか」

ときくと、婦人は立ちあがって、

「むかしはにぎやかでしたけれどもな」

と、いった。

（四巻　北国《ほっこく》街道とその脇街道、海津の古港）

——敦賀湾の漁村で

車を路傍にとめてぼんやり見おろしていると、やがて壊れるかもしれないこの美しさにたまらないほどの愛惜を感じた。出口がなかったからこそ、この村は伝統的な造形秩序がこわれずにこんにちまでやってきたのである。

（四巻　北国街道とその脇街道、武生《たけふ》盆地）

――日野川に沿って進みつつ

山道を登るにつれて、道だけでなく歴史時間をさかのぼってゆくといったふうな感じであり、そのおもしろさに、途中の村で車を降りてしまった。

（四巻　北国街道とその脇街道、越前日野川の川上へ）

板取をすぎたころから、道は路傍を草で縁《ふち》どりされた地道《じみち》になった。いかにも古街道といった感じで、道の肌をはたはたと掌でたたいてみたいほどの衝動をおぼえた。

（四巻　北国街道とその脇街道、栃ノ木《とちのき》峠から柳ケ瀬へ）

――ハバロフスクの町で

建物の粗末さにも、考え方を変えればかえって風情があった。ソ連は第二次世界大戦で二千万近くの人民が死んでいる。この街の建造物の多くはその戦火がおさまったころ、荒廃のなかから建てられた。

（五巻　ハバロフスクへ、ボストーク・ホテル）

私は、この滞在中、ウランバートルの恋人たちはどこで逢引をするのか、ときいてみたところ、私の話し相手はすこし酔っぱらっていたが、「なんだ、そんなこと」といった表情で、馬さえあればどこでも行けるじゃないか、といった。なるほど、ウランバートルの市街を出れば、満目、涯《はて》しもなくつづく無人の草原なのである。

（五巻　ウランバートルへ、逆縁）

——ゴビで

みじかい草でおおわれた大地がことごとく道であり、なまじいの道でないために迷うことがなく、つまりは老荘の世界のような天地なのである。

（五巻　ゴビへ、星の草原）

——ゴビの草原で

孫悟空が雲に乗って駆けまわっているという童話的イメージは、こういう所へ来ると、当然な現実感がある。あの雲は、いま着陸しようとしているのではないか。

（五巻　ゴビへ、アルタン・トプチ）

——竹富島で

集落は、じつに美しい。本土の中世の村落のように条理で区画され、村内の道路はサンゴ礁の砂でできているために、品のいい白味を帯び、その白さの上に灰色斑《はいいろまだら》ともいうべきサンゴの石垣がつづき、そのぜんたいとして白と灰色の地《じ》の上に、酸化鉄のような色の琉球瓦の家々が夢のようにならんでいるのである。

（六巻　石垣・竹富島、竹富島のT君）

――御斎峠《おとぎ》への道

「ふだらく寺《じ》という名前やそうや」
普陀落寺《ふだらくじ》とでも書くのだろう。いつごろ賑わった寺でいつほろんだかということなどは伊賀上野市の教育委員会にでもきけばわかるだろうが、むしろそういう知識をもたずに、その寺はいつのほどかほろんだというだけの気分のほうが、この峠みちにふさわしいような気もする。

（七巻　甲賀と伊賀のみち、ふだらくの廃寺《はいじ》へ）

室津のさびれは、急変することがない。淀みの水がわずかに動く程度のゆるやかさでもって、この町は時間というおそろしいものに対し、懸命に踏みこたえているようにも思える。

（九巻　播州揖保川《ばんしゅういぼがわ》・室津《むろつ》みち、岬の古社）

車が米沢に入ったとき、すこしうたたねをしていたらしい。気づいて顔をあげると、街路に灯がすくなく、古い城下町ということでもあるが江戸時代の闇が残っているようでもあった。

（十巻　羽州《うしゅう》街道、芋煮汁《いもに》）

上杉家を宰領したひとびとの歴代の施政は、極端な節約主義であった。つい、戦国のうこぎ垣が江戸期の米沢にも残り、明治後の米沢にも残り、いまの米沢市にも残って、おかげで米沢の町をゆくと、これがささやかながらこの古い城下町の象徴の一つであるかと思えてくる。

（十巻　羽州街道、景勝《かげかつ》のことなど）

――相川町で

戦国のある時期まで佐渡の治所のひとつだったこの町は、いまなお多少の町の体《てい》をなしていて、付近の農村を相手に雑貨類や衣料品をあきなう店が、道路に沿い、ひっそりと軒をならべている。看板の類いが互いに犇《ひし》めきあうというぐあいの商店街でないだけに、雨あがりの日ざしが似合いそうな落ちつきがある。

（十巻　佐渡のみち、二人の佐渡奉行）

――虹《にじ》の松原で

たしかにこの松原は、海と浜と岬の美しさとかかわりつつみごとなものであるが、なによりもすぐれているのは、名称といっていい。虹という、多少甘ったるい言葉が、これほどありありと生きている例を他に知らないのである。

（十一巻　蒙古塚《もうこづか》・唐津《からつ》、虹の松原）

――十津川谷で

対岸の山壁に橙々色《だいだいいろ》の電灯が一つ見える。その灯を見ているうちに、
――よく守ってきたものだ。
という、そんな言葉だけではとても覆えないような、郷民の長い歴史に対する感傷が不意に胸にあふれてしまった。

（十二巻　十津川、安堵《あんど》の果て）

――十津川谷で

宿の所在地は上湯と通称されているが、在所の名はすでにふれたように出谷《でたに》である。在所を構成するほどの人家が何軒あるのか、ともかくも名のとおりの谷で、闇が深い谷に溜まってねばりを帯びたようなところだった。ここで旅人のために宿を営んでいるというのは、それだけでも偉業ではないかと思ったりした。

（十二巻　十津川、刺客たち）

――うどんやに入って

カレンダーまで去年のまま居すわっているほど、勝本の町の時間はゆっくりと流れているらしい。

（十三巻　壱岐《いき》・対馬《つしま》の道、曾祖父の流刑地）

日本中の町が画一化してしまったこんにち、昔の町割りのまま道路のせまさを保っているというだけで、大洲は都市空間としての誇りをもっていいのではないか。

（十四巻　南伊予・西土佐の道、冨士山《とみすやま》）

中世以来、平泉寺の頑固さは千年つづいている。途中、農民の反乱で焼打ちされたとはいえ、いまは農民の側にその風骨が入りこんで、自分たちの手でこの環境を護持するようになっているのにちがいない。

（十八巻　越前の諸道《しょどう》、菩提林《ぼだいりん》）

菜園のあひると内濠運河の水という三点を風景から切りとっただけで、上代以来変りもない人間の暮らしの構造が生きてうごいている。

——盤門《ばんもん》への道中で

（十九巻　中国・江南《こうなん》のみち、盤門）

駅舎もなく、駅員もおらず、ただコンクリートのプラットホームが横たわっているだけで、こういうあたりに故郷をもてば、夢に草木まで鮮やかに色づいて出てくるのではないかと思われた。

——国鉄粟屋駅

（二十一巻　芸備の道、鉄穴《かんな》流し）

いまは、むろん、帆船時代ではない。

このため、バイヨンヌの港は半ば遺跡にすぎず、ただ一隻だけ二〇〇トンほどのディーゼル船が停泊しているだけで、あとは豊かな水のみが流れ、畳の目のようにこまかい水のしわが動いてゆく。岸は、人通りがなく、さびしかった。ただひとりだけ、初老の釣人が小魚を釣っていた。

（二十二巻　バスクとそのひとびと、小さなホテル）

――トレドの街で

街は、街ぐるみが博物館の陳列ケースに容《い》れられているようで、街路のせまさも、踏んでゆく敷石も、まがいものの骨董品をならべる店も、巨大聖堂《カテドラル》も、中世の古い脂《あぶら》がこびりついている。

（二十三巻　マドリード周辺、紙とスペイン）

朝、目がさめたとき、自分がいまリスボンにいるというだけで、幸福な気分になった。

ヨーロッパでもっとも気候のいい首都であり、当地のひとびとは秋がとくにいい、という。私どもは、その秋のさなかにいる。宿のまわりを散歩すると、やわらかくて光るような海風が身をつつみこんできて、余生を暮らそうかという思いがしきりにした。

（二十三巻　ポルトガル・人と海、テージョ川の公女）

——リスボンの繁華街

店々の適度なよごれ、かすかにただよう刺激的な臭気、いずれも好もしいものだが、しかしおなじ港町の盛り場でもオランダのアムステルダムのそれとはどこかちがっていて、ヨーロッパよりアジア・アフリカに近いという感じがする。

（二十三巻　ポルトガル・人と海、ファドの店で）

国友村は、湖の底のようにしずかな村だった。家並はさすがにりっぱで、どの家も伊吹山の霧で洗いつづけているように清らかである。

（二十四巻　近江散歩、国友鍛冶《くにともかじ》）

——奈良公園付近

たかが飲み屋にゆく道行《みちゆき》の途中が、これほど贅沢な景観であるというのは、何に感謝していいのだろう。やはり、奈良にある多くのすぐれた建造物を千数百年にわたって守りぬいてきてくれたこのまちの精神というものに敬意をささげるべきではないか。

（二十四巻　奈良散歩、五重塔）

——福州から東北へ向かう途中で

道が赤土で、路上に立っているだけで体のしんまで自然が入りこんでくる感じである。

景色が、のどかだった。

（二十五巻　中国・閩《びん》のみち、対々《ついつい》の山歌）

——湖山《こやま》池で

池畔に林があり、ほそい道が縫っている。そこを、女子高校生が三人、かるがると自転車で過ぎてゆくのをみて、釆女《うねめ》らの袖を吹きかえす風を詠んだ古歌をおもいだした。

（二十七巻　因幡《いなば》・伯耆《ほうき》のみち、茲矩《これのり》と鷗外）

——夏泊《なつどまり》の漁村で

昇降のための道は、細い。が、その最初の一〇メートルばかりは中世の城塁のようにがっちりしていて、粗造りながら文化財めいている。両側は石垣が積まれ、路面は粗い礫《こいし》をぬりこんだセメント固めだった。いずれも古い時代に造られたものらしく、力強く物寂《ものさ》び、青灰色がかってまことに美しい。この村から出て異郷にいる人が村をおもうとき、存外、この道を思いえがくのではあるまいか。

（二十七巻　因幡・伯耆のみち、夏泊）

山国で、高冷で、生産性がひくかったればこそ、文化が沈澱し、いい酒のように熟成されたのである。いま飛騨はかえって新鮮なのではあるまいか。

（二十九巻　飛騨《ひだ》紀行、国府《こくふ》の赤かぶ）

藍畑の集落に入ると、家々のすがたが美しい。舗装された路傍のところどころに、数百年前の無縁の墓碑がのこっている。小さな五輪塔もまじっており、供花《くげ》も息づいている。阿波は菩提心のつよい土地なのである。

（三十二巻　阿波《あわ》紀行、水陸両用の屋根）

根来寺《ねごろ》は、もはや往時のようではない。
その空閑としたところが、この広大な境内の清らかさになっている。わずかに残った大門や堂塔、塔頭《たっちゅう》が、ひくい丘陵と松柏《しょうはく》にかこまれて、吹く風までが、ただごとではないのである。

（三十二巻　紀ノ川流域、根来）

——和歌山市の日前国懸神宮《ひのくまくにかかすじんぐう》で

紀伊の国の国魂《くにたま》が鎮《しず》まるというこの森も、世の移りかわりのなかにいる。
古代の神《かみ》さびを維持することは、根来寺の維持と同様、しずかな勇猛心の要ることのようだった。

（三十二巻　紀ノ川流域、森の神々）

白河という町は、人口四万でしかない。小さいながらも知名度がたかいあたり、伊勢《いせ》の松阪とか、津軽の弘前などに似ている。

朝、散歩に出かけると、自分の跫音《あしおと》が気になるほどしずかである。

（三十三巻　白河・会津のみち、関川寺《かんせんじ》）

——マーストリヒトの古い酒場で

ガラスごしに見る大通りは車も通らず、人っ気もなく、そのむこうにマース川が流れていて、大通りをかぼそく照らしている街路灯と川風の気配《けはい》がなによりの馳走《ちそう》であり、さらには背後に古い教会もあって、中世末期の道ばたで酒をのんでいるような贅沢さがある。

（三十五巻　オランダ紀行、パーンアッカー博士）

——オランダを南北に分けるワール川を渡って南へ向かい

わたりきると、景色もかわる。牧草地がすくなくなり、森が多くなった。

ときに森がふかぶかとしていて、走っていると、カナダにでもきたのかとおもってしまう。

ぬけ出ると、あかるい田園になる。そこにはかならず運河が流れている。運河わきの農地から、堆肥《たいひ》の温かいにおいが流れてきて、窓から窓へとぬけてゆくのである。ここでうまれればこのにおいが、故郷へのなつかしさになるのではないか。

（三十五巻　オランダ紀行、ブラバント弁）

本郷では、つい地質時代を感じてしまう。時代としては、そのあといきなり明治がやってくる。

江戸時代の本郷は、このあたりをいくつかの大名屋敷が占拠しているだけで、神田や日本橋、深川といったような街衢《がいく》の文化は、本郷にはなかった。

（三十七巻　本郷界隈、真砂町《まさごちょう》）

花蓮は、いいまちである。ただ、ほとんどのまちの人達の家祖がここ百年来の移住者だけに、移ってきたときの悲しみが、まだ乾かずにいる。

（四十巻　台湾紀行、花蓮《かれん》の小石）

——津軽で

私は、のちの世にいて、太宰の生家のある金木町を歩いている。のちのわれわれの世は、安気《あんき》なものである。文学をどう解釈して展開しようと許されるし、すくなくとも世を、太宰のように、一人の人物もしくは山に託して呪うというような必要も状態もなくなっている。そののちの世からきて、私は太宰のころの金木町を歩いている。

（四十一巻　北のまほろば、岩木《いわき》山と富士山）

――青森で

この県は、奥がふかく、なにやら際限もない。夜になると、太古のにおいがする。山河が、舗装道路で縦横にきざまれつつも、残った自然のなかに、遠い世が残っていそうでもある。

（四十一巻　北のまほろば、翡翠《ひすい》の好み）

――本州最北端・龍飛崎《たつびざき》で

道は、ここに尽きる。日本じゅうの道という道の束が、やがて一すじの細いみちになって、ここで尽きるのである。

（四十一巻　北のまほろば、龍飛崎）

――愛知県松平郷

私にとって三十年ちかい前の松平郷の印象は、山も渓も家々もじつに清らかだった。家々は傾斜面に建っているため、土台として野面《のづら》積みの石垣が組まれていた。

車がのぼってゆくと、路傍の一軒の家の石垣のはしに、初老の当主らしい男が立っていて、登ってくる車を見つめていた。中世の山三河の松平家の郎従が物見でもしているようで、おかしかった。

（四十三巻　濃尾参州記《のうびさんしゅうき》、高月院《こうげついん》）

風景のいま

平凡な緑と空というものが、いまや日本ではもっとも歎賞すべき絶景になっているのである。

——下関から山口へ向かう道中

（一巻　長州路、湯田）

かつては個性的で、それなりの文化の伝統をにじませていた地方の小都市が、いまは即席ラーメンの袋のようになってしまっている。戦後、日本の文化はほんとうにコウジョウしたのだろうか。

——鹿児島県の川内《せんだい》で

（三巻　肥薩《ひさつ》のみち、馬場の洋館）

——老《おいの》ノ坂《さか》で

光秀は夜中このモーテルの坂をくだって日本史上最大の史劇を演じた。その亡魂がなお彷徨しているとすれば、その感慨は当時のかれの心境以上に悲惨なものであるにちがいない。

（四巻　丹波《たんば》篠山《ささやま》街道、長岡京から老ノ坂へ）

——武生《たけふ》の町でタクシー運転手田保さんと話しつつ同乗者Hさんは

「柳も川もないがな」

と、いった。田保さんは、柳並木は伐られてしまいました。川も埋められて、そのかわりそのぶんだけ道路が広くなっています、と返答すると、

「そんなあほなこと、あるかいな。金魚鉢にさえ藻を入れるやないか」

Hさんの声が、悲鳴に似ていた。

（四巻　北国《ほっこく》街道とその脇街道、越前日野川の川上へ）

——日野川沿いに進みつつ

ところどころで米作地がつぶされてブルドーザーが動いている。緑を剝《は》ぎ、泥をこねかえし、やがては人の心をすさませるだけのコンクリート

建造物がたつのであろう。いつかこういうばかな時代が終るという祈念のようなものを持つことなしに、こういう山河の野放図な破壊を正視することができない。

（四巻　北国街道とその脇街道、越前日野川の川上へ）

——高松塚古墳周辺で

道の基点にはちゃんと自動車の置場もあり、コカ・コーラなどを売る店もできている。といってこれらの商売商売した施設も、このあたりの風致を害するほどにまでなっていないのは、明日香《あすか》村のひとびとの風致保存の努力によるものらしい。

（七巻　大和《やまと》・壺坂《つぼさか》みち、高松塚周辺）

ここは、ミヤマキリシマの群生地でありました。

——長者原《ちょうじゃばる》高原の立札

文章はそれだけである。この過去形の、ただ一行だけのみじかい文章の中に、社会と文明に対する痛烈な批判とうらみと何ごとかへの警告が籠められているのではないか。

（八巻　豊後《ぶんご》・日田《ひた》街道、土地と植物の賊）

人類は古来から浜に出て貝や枯木をひろって暮らしてきた。そういう暮らし方の歴史が消滅したあとも、浜に出て渚《なぎさ》を歩けばたれもが詩情を感ずるし、心が休まるという習性がつづいている。しかしいまは土地に関

——長崎湾の福田浦で

する私権が癌細胞のように増殖して、浜までの土地を買ってしまえば、社会全体がその浜をうしなうという奇妙な時代になっている。

（十一巻　横瀬・長崎、福田浦）

——宇和島市街地で

まことに道路の新設や拡張というものの力は大きく、この道路が市街地をつらぬいてから、都市としての生態系がかわってしまった。私がかつてみた多くの瓦屋根は消滅し、国道ぞいになった蔦屋も外装、内容ともにホテルに転換するのである。都市としての人文が変わった。

（十四巻　南伊予・西土佐の道、城の山）

湖の側の道路わきには、銹《さ》びたトタンぶきの倉庫、物置のたぐいのものが点々とし、地面にビニールの切れっぱしや朽ちた無用の柵、コンクリートの電柱といったものが立ちならんでいて、日本という国の汚れを象徴していた。

近江の湖畔は、かつて代表的なほどに美しい田園だった。日本は重要なものを、あるいは失ってしまったのかもしれない。というより、まだ獲得していない、といったほうが、私どもへの励ましになるかもしれない。

（二十四巻　近江散歩、ケケス）

まことに山河は変る。とくにこの耽羅の国にあっては、全島に灰色の近代的な道路網が四通八達し、道路以外の表土はびっしりと蜜柑の木でおおわれつくしてしまって、変貌ということばさえなまぬるい。

（二十八巻　耽羅《たんら》紀行、故郷）

——八郎潟で、江戸期の旅行家・菅江真澄《すがえますみ》を思いつつ

真澄のころは魚が泳いでいた水ばかりの潟《かた》（海跡湖）だったのに、いまはそこでカレーライスを食うことができる。潟は、うずめられてしまったのである。

（二十九巻　秋田県散歩、寒風山《かんぷうざん》の下）

人とくらし

――熊本市の酒本鍛冶屋十五代目喜三郎氏について

四百年も鍛冶屋さんをつづけていれば、いつのまにか新日本製鉄か住友金属ぐらいになっていそうなものだが、しかしそうはならず、熊本の町はずれのただの四間間口《けんまぐち》程度の小さな野鍛冶でありつづけているというあたりにえもいえぬ雅趣があるように思われる。

（三巻　肥薩《ひさつ》のみち、八代《やつしろ》の夕映え）

――高貴寺《こうきじ》で

方丈を辞して小径に出ると、奥さんが駆けてきて、

「これを差しあげます」

と、私の胸ポケットになにか差してくれた。水色の桔梗《ききよう》の花だった。

このことも、あまりに中世めかしくて書くことがつらいのだが、高貴寺

の山中ではこういうことはごく自然で、そうあるべき人情としていきいきと息づいているのである。

（三巻　河内《かわち》みち、香華《こうげ》の山）

——五箇山《ごかやま》の宿で

「この庄川にイワナがいますか」

と、むこうのTさんらに給仕している宿の若奥さんの背中にきくと、奥さんはふりむかず、ひざごとゆっくりこちらへ向きなおって、おります、と答えた。五箇山のひとのお行儀にはどこか江戸期の風《ふう》が残っており、ひどく丁寧である。

（四巻　郡上《ぐじょう》・白川《しらかわ》街道と越中《えっちゅう》諸道、五箇山の村上家）

――竹富島の旅館を手伝う青年に会い

かれは、脱都会などという、あのうそっぱちのまやかし言葉もつかわなかった。

じつのところ、T君のような青年が出てきているところに、いまの若者の層の厚さと、価値観が平然と多様化していることを感じた。

（六巻　石垣・竹富島、竹富島のT君）

竹製の道具のなかで簡単な打楽器があった。

「これは何ですか」

ときくと、上勢頭さんは説明するのがもどかしかったのか、つまみあげて演奏しはじめた。唄も入った。同時に、体が自然におどりはじめた。芸能というものがいかに人間を美しくみせるためのものかということをあらためて悟ったほど、この小さな老人の姿が美しく見えた。

（六巻　石垣・竹富島、蒐集館《しゅうしゅうかん》の館主）

――美女クヤマの生家である竹富島・安里《あさと》家の前で村の老人と垣根ごしに、家の中がみえる。五十年輩の婦人が縁《えん》に出て手芸のようなことをしていた。

「あのひとが、クヤマの子孫です。いまも美しいですが、若いころは美しかったですよ」

といって、立ち去った。なんだか村の時間がゆるやかにながれていて、上代の兄妹も江戸期の美女も、それぞれ息づきながら村の中で村びとと一緒に暮らしをつづけているような感じでもある。

（六巻　石垣・竹富島、波照間《はてるま》の娘）

――御斎峠《おとぎ》で炭を焼きつづける老人と

老人は少年のころから炭を焼きつづけてきて、炭というものについて他人が入りこめないほどの風景をもっていた。その風景は絵や写真のように動かぬものではなく、風が吹き、青葉がそよぎ、笑い声があがり、酒も出、唄もきこえてくるといった風景なのである。

「むかしはよかった」

と、老人は自分の体のすみで絶えず動いている昔の風景について語った。昔の炭焼き仕事というのは単なる労働でなく、美的風俗だった、ということをるると述べるのである。

（七巻　甲賀と伊賀のみち、ふだらくの廃寺《はいじ》へ）

——花崗岩を刳《く》りぬいた桶の話を聞きその作り手は農民で副業にしているそうである。彼は山に入って岩をみつけ、その岩をその場できざんで飼葉桶にする。それをかついで村の市にもってきて、その一個の飼葉桶の前にしゃがむ。その写真もある。時間をたっぷり所有している人物だけがもっている容貌である。

（七巻　砂鉄《さてつ》のみち、乾燥と湿潤）

——国東《くにさき》うまれのタクシーの運転手さんと

「あのオナゴ竹は、左官の壁作りにつかいます」
かれは、じつに伝承の教養があった。家の土壁を塗るときに、女竹はヨコに使う。ホンダケ（真竹《まだけ》）はタテにつかう。それをタテ・ヨコに編んで土壁のシンに使うのだが、それを怠ると、大雨などが降ったとき、どっと壁が崩れるのだ、というようなことを言った。

（八巻　豊後《ぶんご》・日田《ひた》街道、国東から日出《ひじ》へ）

——日田の理髪店で見た客について

古い町というのは、町にこめている空気そのものが、ひとびとに礼儀作法を強いている。
棟梁は、雄偉なその風貌のわりにはすわり方がつつましく、不用意にどういう知人が出現してもすぐ腰をかがめることができるように、秘めやかながらごく自然な緊張を蔵している。

（八巻　豊後・日田街道、日田小景）

——日田の理髪店のお内儀《かみ》さん

地方の古い小都市に住んでいる明治うまれの婦人などは、木綿か絹といったような生物の物柔かい感触を持っているように思えるのだが、彼女は明治うまれよりうんと若くはあるにせよ、日田の伝統の中での発声法を自然に身につけているようだった。

（八巻　豊後・日田街道、日田小景）

――木崎村の池田徳三郎翁

翁は質の固い着物に羽織をはおっていて、いかにも古農民《このうみん》といった感じで袴はつけていない。小柄なせいもあって座ぶとんの上に、ふわりと軽く自分を載っけたようにすわっている。その行儀のよさが空気のようにあたり前の感じで、いかにも明治期に成人した人の自然な折目がある。眺めているうちに、私はこの人に会うためにわざわざ新潟までやってきたのだという気がしてきた。

(九巻 潟《かた》のみち、木崎村今昔)

――高野山真別処《しんべつしょ》への道で

どの僧も二十代の初めぐらいの年で、だれもが行儀よく、私どもと擦れちがうとき、丁寧に会釈《えしやく》した。礼儀正しい若者に出遭うと、大人というのは簡単に感動してしまうものだが、私はともかくもそういう自分を警戒した。

（九巻　高野山みち、沙羅双樹《さらそうじゅ》）

——佐世保で会った峰泰《ゆたか》氏

峰氏は、明治三十四年うまれである。

人柄が平戸風《ふう》にできあがっているおそらく最後の人に相違なく、居ずまいのまわりを春風でも吹いているようでいながら、ものを問われると、問われたこと以外は喋らず、あとはにこにこしている。

（十一巻　横瀬・長崎、開花楼《かいかろう》の豪傑たち）

——大塔村《おおとう》辻堂で、地元の新聞記者・市口《いちくち》さんとともに

石垣にはりついたせまい石段を登って道路上に出ると、四十代の主婦が、幼い子を昔風に背負って体をゆらゆらさせていた。顔に知的なにおいのある人で、市口さんが旧知らしく大声であいさつした。村の助役夫人だそうで、ともかくも助役夫人が路上で子守りをしているというのも、いい風景だった。

（十二巻　五篠・大塔村、辻堂）

——勝本町の青年

祖父はそのまま平戸藩士として平戸にとどまり、父は国家公務員になって、各地を転々した。須藤さんにとっては曾祖父の流謫《るたく》の地にもどってきた。ただしそれはちょっとしたロマンティシズムにすぎず、当人に

とってはみずからえらんだ地球上の一点であることにはまちがいない。

（十三巻　壱岐《いき》・対馬《つしま》の道、曾祖父の流刑地）

――法華津《ほけづ》峠で

同乗してくださっている卯之町の門多先生が、

「子供のころ、宇和島の和霊神社の祭礼の日は、卯之町からこの峠をこえて日帰りで往復しました」

といわれた。早朝、暗がりだちに発ち、宇和島にほんの一時間もいて、ふたたび山路を帰るのである。遠い町の祭礼がそれほどの魅力をもっていたという一事だけでも、半世紀前の日本の子供のくらしの景色がうかんでくる。

（十四巻　南伊予・西土佐の道、法華津峠）

——延暦寺で

のぼりつつある月が、杉の梢《こずえ》の上に、金粉をまぶしたような豪華色でかかっている。かつてのこの山の山僧たちは、山林の霊気につつまれて神仏を感ずることができたし、山月を見ても、月光《がっこう》菩薩を感ずることができた。生の本質を知る上で、こんにちのわれわれがわすれた高い感受性をもっていたにちがいない。

(十六巻　叡山《えいざん》の諸道《しょどう》、鬱金《うこん》色の世界)

ザヴィエルのもつ高雅な人柄と叡智、さらには神に対する絶対の服従と規律、敬虔《けいけん》さは、たれの心をも打った。人は、なによりも人がわかるのである。

——日本の僧侶とはまったくちがう。

と、たれもがおもった。

（十七巻　島原・天草の諸道《しょどう》、サンフェリペ号の失言）

——福井県の宝慶寺《ほうきょうじ》で

私は、禅についての理解がとぼしい。禅の悟りというのは、道元のような百万人のひとりといった天才、もしくは強者のためのものであるかと当時も思ったり、いまも思っている。

しかし、目の前のかまちの上で毅然と立っている若い雲水の姿を見ると、たとえ人生の一時期であるにせよ、道元をめざすことの緊張の美しさを感じざるをえなかった。

（十八巻　越前の諸道《しょどう》、宝慶寺の雲水）

「大野や勝山の人達は、私たち福井平野の者からみると、みな仏サンのように人が好いですよ」

と、物識《ものし》り運転手の坪田さんがいった。

「大野や勝山の人を乗せて家まで送ると、ちょっと待っていてくれ、といって、畑の大根やキャベツなどをくれるんです。そういう経験が、二度や三度ではないんです。言葉も丁寧ですよ」

（十八巻 越前の諸道、越前勝山）

——平泉寺（白山神社）で会った老人

かれの山歩きは、たれに雇われているためでもなく、自分自身に課している義務であるらしく、それが生甲斐のようになっている気配《けはい》でもあり、その無私な感じが、この森に棲《す》みついている妖精であるかのような印象をもたせた。

（十八巻　越前の諸道、木洩《こも》れ日《び》）

——丹生《にゅう》山地の宮崎村で

「若い人は、それじゃ不便だてンですね」

息子さんも、独身のときは村の風情《ふぜい》を愛している。しかし嫁がくるとなると、事情がかわる。同居する老夫婦のほうが率先して、台所を便利にしたり、新夫婦の部屋を確保したいと思うようになる。結局は建てかえてしまう例が多いというのである。

（十八巻　越前の諸道、越前陶芸村）

——古越前《こえちぜん》の輪積《わづ》みの技法を伝承する藤田重良右衛門《ふじたじゅうろうえもん》さん

平安時代の技術が、生きてそこに動いている。重良右衛門さんは自分の仕事に充足しているようでもあり、変にさびしそうでもある。ただひとりであるということは、ときに精神を充足させるが、余人には窺《うかが》えぬ孤独な思いがあるのかとも思える。

（十八巻　越前の諸道、重良右衛門さん）

——若い警官の横柄さに

私は、少年（年少《わか》）ニシテ高台《こうだい》ニ上《のぼ》ルハ一《いっ》ノ不幸ナリということばを思いだした。江戸期や明治のひとがさかんに慣用句として喋っていたことばで、べつにむずかしい言葉ではない。年少で高い地位につくのは身の不幸の一つだという意味である。まだ初々しい若者が、警官の制服を着たがために、高台ではないにせよ権力意識ができ、日本人としてのふつうの礼がとれなくなったということも不幸にちがいない。

（二十一巻　芸備《げいび》の道、町役場）

――吉田の町の少女

通りはほの暗く、やってきた一人の娘さんが、ぶつかりそうになるまで気づかなかった。十七、八歳の細面《ほそおもて》の子で、われわれの胸もとを通りすぎるとき、

「おやすみなさいませ」

と、一礼し、鮎のように去った。赤いスエーターときれいな声だけが、耳目にのこった。

（二十一巻　芸備の道、町役場）

――吉田の町で

雑貨屋の店主がゆっくりと表に出てきて、ただ空をながめている。通りかかった人が、店主にあいさつした。通りすぎようとするその人へ、店主が、先日のなにはどうなりました、と他愛もないことをきいた。その人は足をとめて、ありがとうございます、と礼を言い、なにがしかの返答をした。

「それはよろしゅうございました」

店主が言い、そのあとまた空をながめている。店主が表に出るだけで、町に対して今日のあいさつができるというふうな景色であった。

（二十一巻　芸備の道、猿掛《さるがけ》城の女人）

――ザヴィエル城の老修道士

それにしても、私どもは修道士に再度来ることを約束したわけではなく、また朝、連絡したわけでもなかった。年季の入った善い人というのは、年をとると、一種の磁性《じせい》——神通力《じんつうりき》のようなもの？——を帯びて、そういうことまでわかるものなのだろうか。

（二十二巻　バスクとそのひとびと、ザヴィエルの勉強部屋）

——マドリードの日本人空手道場主について

石美さんは、地球に対してずっしりと重心をおろしている。どの動作の場合も重心が不変で、しかも円を描くように運動し、拳を突きだすたびに、空気を裂く音がきこえた。たれもが、石美さんを畏敬していることが、かれらの目の表情からうかがえた。

（二十三巻　マドリード周辺、超心理学）

——小さな無名の町グランドラで

若い者は他に働きに出ているのか、町に男の老人が多かった。その老人たちのぜんぶが、帽子をかぶっていた。ソフト帽、鳥打ち帽などさまざまだったが、無帽時代ともいうべき現代でめずらしい風景であり、きっとこの町では男子用の帽子屋さんはゆたかにくらしているのにちがいない。

（二十三巻　ポルトガル・人と海、サグレス岬へ）

——陶瓷《とうじ》の町・徳化で

徳化は、盆地の町である。

秋の空がそのまま地上に降りてきているような町で、ひとびとも声高《こわだか》に話さず、道ゆく人までがひそやかに歩いている。そのことは、朝、散歩をして感じた。

路傍の家の土間で籠《かご》をつくろっている老婦人も、荷車をひいている壮年の男子も、どこか節度があって、ひかえめなのである。

(職人の町なのだ)

と、おもった。

（二十五巻　中国・閩《びん》のみち、餅から鉄へ）

——泉州のホテルで

ロビィは華僑の旅客で混雑していたが、やがて、

「いよっ」

と（そう聞こえた）気合一声、への字に撓《しな》った天秤棒の前後の荷をかばいつつ、腰をばねのようにはずませた中年婦人がフロントへ闖入《ちんにゅう》してきた。泡を食ってロビィに群れていたひとびとは道をあけた。彼女は、やわな人民服などは着ておらず、黒っぽい伝統的な農婦の服を身につけ、笠をかぶり、力士のような足で床を踏みつづけている。ホテルと契約しているクリーニング屋なのである。

（二十五巻　中国・閩のみち、華僑の野と町）

——千鳥ケ淵にある屋台の老婦人

彼女は、人影のない水辺でオデンを煮ていた。ちょうど南画の山水の人物のようで、さびしげでもありつつ、俳味のようなおかしみもあった。

（二十六巻　嵯峨散歩、千鳥ケ淵）

——夏泊《なつどまり》で海女《あま》たちに会い

彼女らは、私どもを追いこしてゆっくりおりてゆく。存在感のしっかりした感じは、自分には技術と稼ぎがある、という自負心によるものにちがいない。

（二十七巻　因幡《いなば》・伯耆《ほうき》のみち、夏泊）

第三者がその土地にやってくると、土地に共通した人間のにおいを感ずる。においだけでは、その土地の文化とは言いがたいが、においが愛嬌として感じられる場合に、そのにおいのもとこそその土地の文化であるにちがいない。

（二十七巻　因幡・伯耆のみち、伯耆国倉吉《ほうきのくにくらよし》）

――高知で飲みにゆく店を相談しながら

画家が自分の絵をならべて個展をするように、飲み屋というのはあるじ自身の人間の個展なのである。

（二十七巻　檮原《ゆすはら》街道（脱藩のみち）、自由のための脱藩）

奥州《おうしゅう》・羽州《うしゅう》には、しばしば〝人間の蒸溜酒〟とおもわれるような人がいる。

（二十九巻　秋田県散歩、東北の一印象）

人間は、うまれた土地の山河や村落という環境について保守的なものである。

（三十巻　愛蘭土《アイルランド》紀行Ⅰ、〝鯨の村〟ホテル）

――アイルランド・ケンメアのパブの女主人

そんなに音楽が聴きたいのなら、私がやってあげてもいい、といって、機械油のにおいのするドアをあけて、ヴァイオリンをとりだした。

つぎに顔をあげたときは、彼女のあごの下でヴァイオリンが鳴りはじめていた。アイルランドの曲のようで、彼女の表情が別人のように気品に満ちたものになっていた。

彼女のおかげで、ギネスがいっそううまくなった。

（三十一巻　愛蘭土紀行Ⅱ、甘い憂鬱）

――ケンメアのパブで

もっとも、毎日夕食後、パブへ出かけてゆくのが流浪だとすれば、このパブじゅうが、漂泊者だらけである。ひょっとすると、人が酒をのみにゆくというのは、仮りの——時間を限っての——漂泊をしにゆくのかもしれない。

（三十一巻　愛蘭土紀行Ⅱ、甘い憂鬱）

——徳島県脇町《わきまち》の寄合に招じ入れられて

話がないまま、「いい町ですね」というと、どなたも、だまって頭をさげられた。まことに品のいい〝町衆〟の感じである。

（三十二巻　阿波《あわ》紀行、脇町のよさ）

二十年ほど前に会った人に、

「福島県人ですか」

というと、

「会津です」

と答えた。その誇りと屈折は、どこか大ドイツ統一以前のプロイセン王国に似ている。


（三十三巻　白河・会津のみち、新幹線とタクシー）

——大徳寺聚光院《じゅこういん》を訪ねて

塔主は、毎日、この縁《えん》で坐禅をする。つよい近視鏡の奥で微笑しつつ、

「この世でいちばん贅沢なことをしているな、と思ったりします」

私どもにはつらいはずの坐禅が、この世の贅沢だという。

（三十四巻　大徳寺散歩、陽気な禅）

——オランダ人医師と食卓での会話

パーンアッカー博士はじつに不快そうな表情のまま、
「国境は、つまらないものです。雲や鳥は自由にゆききしています」
と、いった。雲や鳥は、という話し方には、禅味があった。

（三十五巻　オランダ紀行、パーンアッカー博士）

——深川の座敷にあがり

なんだか、深川の色町も辰巳芸者も、歴史がおわろうとしているようで、つい酒の座の話も、二人の身の上ばなしになった。大瓦解のあとの新選組の生き残りのようなものである。

（三十六巻　本所深川《ほんじょふかがわ》散歩、思い出のまち）

——網走市にある能取《のとろ》湖のサンゴ草の野で

愉快なのは、草よりも人だった。

近在のひとびとにとって、草が赤くなると祭のような気分になるのか、ちょうど春の野遊びのようにあちこちで弁当をひろげている。

（三十八巻　オホーツク街道、北天の古民族）

戦後、満洲や台湾といった海外からの引き揚げ者は、みな元気がよかったことをおもいだした。
おそらく恃《たの》むのは自分以外にないという絶望の底を知っていたからにちがいない。

（三十八巻　オホーツク街道、樺太からきた人々）

——日本における最後のウィルタ語の語り手・北川アイ子さんの生活
自然への感謝が、食べるだけのシジミをとることであり、きのこをとることだった。

（三十八巻　オホーツク街道、花発《ひら》けば）

「私はウィルタ（オロッコ人）です」
アイ子さんは、水のように静かに名乗る。ウィルタ系日本人であることを朗々と称するひとは、日本じゅうで、もはや北川アイ子さんひとりではあるまいか。

（三十八巻　オホーツク街道、ウィルタの思想）

——考古学者・鈴木克彦氏と話して
青森県の南部衆は——鈴木さんの場合だが——ベコに乗った殿様のように可愛らしくあり、ふと悲しげに見えなくもなく、さらにはそれが、この県の酒興の極まる果ての芸術的気分ともいえそうであった。

（四十一巻　北のまほろば、津軽衆と南部《なんぶ》衆）

他から命ぜられたり、そのことによって利益を得るわけでもないのに、自分がきめた何事かをなしとげるのが奇人とすれば、青森県にはそういう精神の風土がありそうである。

（四十一巻　北のまほろば、恐山《おそれざん》近辺）

――下北半島のマタギ集落の長（シカリ）に会って

八十七歳の藤三郎氏の風貌は、長年、シカリをつとめてきた人らしく、山頂の風に堪えてきた岩石のようだった。

（四十一巻　北のまほろば、三人の殿輩《とのばら》）

鎌倉の文化はこの閑寂さにあるといってよく、その原型は頼朝をふくめた代々の鎌倉びとがつくったものながら、明治以後、この地の閑寂を賞でてここに住んだひとたちの功といっていい。

（四十二巻　三浦半島記、化粧坂《けわいざか》）

審美のまなざし

——山口市の宿で画家・風間完氏と

風間さんは、宿というものはね、という。いくら成金が大金を積んで高名な設計者に設計してもらっても、大工が悪かったりしてどこかオカシイところが出てくる。たとえ建物にオカシイところがなくとも、出てくる菓子の形が変だったり、畳のへりが目をむいたようにキンキンしていたり、植込みの刈り方が俗だったり、建物に調和しなかったり、「かならずオカシイところがあります」という。

（一巻　長州路、湯田）

——沖縄本島糸満《いとまん》で

人影を見ないくせに、この海岸べりの集落ぜんたいに生活の弾《はず》みのようなものを感じさせるし、しかもその弾みに、古備前《こびぜん》の焼物を見るような古格さと重量を感じさせるのは、琉球様式の家々の建物の印象と無縁ではないかもしれない。

（六巻　那覇・糸満、糸満にて）

——石垣島の士族屋敷「宮良殿内《みやらどんち》」

屋敷を路上からみると、石積みの塀がめぐらされ、塀は赤い琉球瓦でふかれていて、それだけでも十分美しい。

（六巻　石垣・竹富島、宮良殿内）

——奈良県の今井《いまい》でいうよりも、道路がよく掃かれていて、この古格な町並みは、古めかしいというより全体にひどく清らかな感じがした。

（七巻　大和《やまと》・壺坂《つぼさか》みち、今井の環濠《かんごう》集落）

——由布院《ゆふいん》の宿

どの建物も、古い時代に無名の田舎大工が建てたもので、当世風の厭味な匠気《しょうき》などは、すこしもない。村々で不用になった農家を、若い当主が曳《ひ》いてきたのである。どの農家も、五反百姓程度の小さなわらぶき家屋で、材は風霜でしらじらと晒《さら》されている。

（八巻　豊後《ぶんご》・日田《ひた》街道、由布院の宿）

――由布院の宿の円卓

今様の民芸趣味といったようなあくと自己顕示欲の強いものではなく、何百年という日本の暮らしの中で、なまじいな美としてでなく、機能として働き切ってきた建物、道具の類にこそ生物とおなじ生命が宿っているということを、当主はあるいは考えているのではないか。

（八巻　豊後・日田街道、土地と植物の賊）

――新潟県上杉川《かみすぎかわ》の廃村の塾を訪ねて

私は民芸趣味も回顧趣味もない殺風景な人間だが、しかし人間が風土のなかで必要に迫られ、ありあわせの材料を使いつつ作りあげてきた家屋の感触というのは、岩や谷川や杉木立など自然物にちかい威容があって、なまなかな芸術作品の及びがたいものがある。

（九巻　潟《かた》のみち、小さな隠れ里）

相川は山地であるために一戸ずつの所有面積は切りつめて町がつくられている。そのためにどの家も小さい。それに、どの家の瓦も板壁も格子戸も古びていて、江戸期とまではいかないが、明治、大正の色調を帯びている。その色調には、どの絵具でも出せないような深味があり、さらには町なかの谷川と、その両岸の家並みが構成する景色をながめていると、住み古してはじめてできあがるような秩序がある。

（十巻　佐渡のみち、無宿人《むしゅくにん》の道）

——壱岐《いき》の郷《ごう》ノ浦《うら》で

そのコーヒー屋の店内は、いい感じだった。客の感覚に違和感がおこらないように、松とか槙《まき》とか杉といった実材がつかわれている。それもできるだけ粗末な材を叩き大工の気分でぶっ叩いて建てたという感じで、そのくせ落ちついた秩序がある。

（十三巻　壱岐・対馬《つしま》の道、郷ノ浦）

――砥部《とべ》で

砥部焼というのは、丹波《たんば》の立杭《たちくい》焼などと同様、官窯でなく、民間の雑器をつくってきたところだけに、江戸期のものも中国・朝鮮の名品に対する変な気勢《きお》いだちがない。そういう平《たい》らかさはこんにちの作品にまでつづいていて、あの奇妙な民芸意識もない。

（十四巻　南伊予・西土佐の道、砥部焼）

――大洲《おおず》の蠟《ろう》問屋の屋敷

建物は堅牢ななかに数寄の軽みのある普請で、ただごとでない感じがする。屋根は、すべてわらでふかれており、それも、わらぶきの屋根構造そのものが力学的な強さと美しさを感じさせるもので、桂離宮のなかのどこかの建物を思わせるようでもある。木口《きぐち》がよく、障子の指物も水を切ったように優美で、それらから逆算すると、わらぶきであることは武家らしい質実さからきたものでなく、贅沢な美学性から出ているようにもおもわれる。

（十四巻　南伊予・西土佐の道、富士山《とみすやま》）

──坂本の里坊門にも建物にもやや清貧ともいうべき寂びがあり、こんにちの叡山の宗風がどういうものかをふと匂わせる。むしろこころよい匂いであることはいうまでもない。

（十六巻　叡山《えいざん》の諸道《しょどう》、石垣の町）

日本中が、ゴミ箱を座敷にひっくりかえしたように無秩序な景色になってしまったために、他家の座敷へ押しかけて行って感心するのが、ここ十数年来の海外観光旅行の一つの型になっている。

この点、国内でもかわらない。

京都、津和野、萩などといった自然と人工を丹念に秩序づけた町やその郊外へ出かけてゆく。若い女性のためのファッショナブルな写真雑誌は、京格子と紅殻《ベンガラ》の壁の前にモデルを立たせたり、竹の栽培林としては世界一うつくしい嵯峨野の藪の小みちを歩かせたりするが、同じレベルでヨーロッパの中世のにおいをもつ田園都市を舞台にする。

（十七巻　島原・天草の諸道《しょどう》、侍と百姓）

私は昭和三十年代のなかごろ、東京の三鷹の公団住宅に友人をたずね、その便利さに驚歎したおぼえがある。

そのくせ、桂離宮の美しさに堪能できるほうだし、昭和十年ごろまでに建てられた日本の大小の農家の美しさは、いまふうのどの建築もおよばない、と思っている。

（十八巻　越前の諸道《しょどう》、越前勝山）

——平泉寺（白山神社）の三之宮まで上って

途中、さまざまな建物は、風雨にさらされた白木の簡素な祠《ほこら》ばかりで、出雲などにあるすぐれた構造の木造建物は一つもない。むしろ建物が、辻堂程度の粗末なものであるだけに、林間が生きているともいえる。

（十八巻　越前の諸道、木洩《こも》れ日《び》）

――武生《たけふ》で

べつに取りすましたところのないただの町のそばやながら、土間の腰掛、卓子、柱、壁など、すべて落ちついた渋味があり、土間にさしこんでいる明りまでがやわらかくて、ただごとでない思いがした。

私は、日本料理は茶湯《ちゃのゆ》から出てやがて不即不離の関係をもちつつ発達したと思っているが、土間に腰をおろしながら、客を落ちつかせるこの秩序は、よほどその道にふかい人が亭主なのだろうと思ったりした。

（十八巻　越前の諸道、紙と漆《うるし》）

娘たちにとって、スポーティで、ときにボーイッシュであることが、あたらしい美の文化になっている。

（十九巻　中国・江南《こうなん》のみち、呉音と呉服）

そういえば、日本の茶道のわびや寂びも、単にあばらやではその美が成立せず、そこに千金の駒が繋がれてこそ、賤《しず》が苫家《とまや》も茶道の世界に入りうる。

（十九巻　中国・江南のみち、猹《チャー》というけもの）

――イ族の村で

この石造アーチ橋は、田舎の小川にかかっているために、ニーダムのいうところの「ロマンティックなもの」は省略されており「合理的なもの」のみでできあがっている。それだけに、力学そのものが、たくまずして美しさをつくりだしているといっていい。

（二十巻　中国・雲南《うんなん》のみち、石造アーチ橋）

——広島県三次《みよし》にて

土堤《どて》の下に宿の屋根瓦がみえた。瓦が銀ねずみ色で、屋根の勾配《こうばい》が浅く、軽みのなかに品のよさがある。日本建築というよりも、語感としては和風建築である。

和風とはなんだろうと考えてみた。

（二十一巻　芸備《げいび》の道、鳳源寺《ほうげんじ》）

和風というのは、あたらしい言葉ではあるまいか。洋風の反対語としてうまれたかと思うが、かつての和製という言葉の語感とはまったくちがい、むしろ良質、上等、値段のたかいもの、それなりに瀟洒《しょうしゃ》なものである、といった語感をもっている。この語感は、昭和三十年代から四十年代にかけての高度成長期に定着したものではないかとおもわれる。

（二十一巻　芸備の道、鳳源寺）

――三次の鳳源寺で

庭の樹木はわずかに荒れている。職人の手が入りすぎて床屋帰りの頭のような庭より、この程度に荒れた庭の中に居るほうが、古い城下町のふんいきに適《あ》っている。

（二十一巻　芸備の道、鳳源寺）

——フランス・バイヨンヌのホテルで

エレヴェーターの鉄柵には、扁平の棒鋼が、多少、曲線模様風に細工されているが、余計な装飾性をおさえている。鉄のもつ信頼感が、そのまま質朴《しつぼく》な美になることを信じている伝統がここにあった。

（二十二巻　バスクとそのひとびと、小さなホテル）

——夜のマドリードで飲食店をさがす

看板は靴をやっと照らすほどに光っていて、さがすときには難渋したものの、さがしあててみると、なんともいえず粋《いき》な感じがした。本来、日本人の茶道の意識はこういうものであったが、商店の誇示法に関するかぎり、日本の繁華街には茶道の精神はうすれている。

（二十三巻　マドリード周辺、超心理学）

リスボンの舗装は、この街の美しい皮膚といっていい。小型切石《きりいし》を鱗状に敷きつめた古風なもので、贅沢とはこのことかもしれない。市役所はおおぜいの切石工をかかえているというが、かれらの手によってこつこつと割られた何億という切石が、道路という道路をおおい、歩々《ほほ》、靴の底に都市的古典性を感じさせるというのは、容易ならぬ仕掛けといっていい。

（二十三巻　ポルトガル・人と海、リスボン第一夜）

渡月橋は、古来、嵐峡という自然の造形をひきしめてきた人工の部分である。部分としてのたしかさは日本の風景のなかでも比類がない。

（二十六巻　嵯峨散歩、渡月橋《とげつきよう》）

——松尾大社

楼門は縦材《たてざい》と横材の組みあわせがいかにも力学的で、そのくせ重くるしさがなく、軽やかに安定している。シックイ壁の白さと、露出した茶黒い構造との色あいもよく、京都で完成された日本建築の一つのゆきついたかたちともいえる。

（二十六巻　嵯峨散歩、松尾の大神）

——大崎八幡宮

まわりが、黒い鏡のようにかがやいている。板戸がみな豪華な黒うるしなのである。欄間から天井にかけては、過剰なほどに多様な彫刻でかざられている。

こういう装飾過剰な傾向は、私は日常人としてすきではない。しかし歴史の空間のなかに入ると、気分は別である。

（二十六巻　仙台・石巻、大崎八幡宮）

景観は、それを見る側の美意識が時代とともに移ってゆくのである。

（二十六巻　仙台・石巻、詩人の儚《はかな》さ）

——鳥取市で

私どもは、気分のいい店で夕食をとった。
この店は、いわゆる民芸風ではなく、柳宗悦が主唱した精神が屋内の構造や装置にさりげなく生かされていて、大正時代の商家に招《よ》ばれて馳走をうけているといった感じだった。

（二十七巻　因幡《いなば》・伯耆《ほうき》のみち、鳥取のこころ）

——鳥取砂丘で

ともかくも、砂丘を楽しむなど、古今《こきん》・新古今以来の日本の美学的伝統にはなかった。風景におけるこのあたらしい切り取り方は、俳人や歌人がそれをやったのではなく、むしろ写真家の功績であったように思える。

（二十七巻　因幡・伯耆のみち、劇的な農業）

地方のホテルには、しばしば素人絵のひねたような絵がかけられているものだが、このホテルは、秋田だけあってちゃんとした絵がかけられている。

（二十九巻　秋田県散歩、植民地？）

飛騨で堪能できるのは、なんといっても民家である。よく紹介される高山の市中の日下部《くさかべ》家などのような大型のものにかぎらず、ただの民家で十分美しい。まず、勾配《こうばい》が浅く、厚味を感じさせない軽快な屋根がいい。たとえ本体が新建材になっていようとも、この屋根を持つかぎり、飛騨ぶりのよさをあらわしている。

（二十九巻　飛騨《ひだ》紀行、左甚五郎《ひだりじんごろう》）

ともかくも古川町の町並には、みごとなほど、気品と古格がある。観光化されていないだけに、取りつくろわぬ容儀や表情、あるいは人格をさえ感じさせるのである。

（二十九巻　飛騨紀行、古都・飛騨古川）

いわば日本じゅうが〝普請中〟という落ちつかない家の中に住んでいる。このため、秩序ある美しさにあこがれる若い娘たちは、安定期をむかえた——たとえば国内では京都や津和野のような——よその家をのぞきこみする旅をよろこぶ。彼女たちのヨーロッパ旅行も、基本的にはそういう心理にちがいない。

（三十巻　愛蘭土《アイルランド》紀行I、〝鯨の村〟ホテル）

——ロンドン滞在中に

秩序といえば、このホテルのバーの空気こそ秩序である。さらにいえば、芸術は快感の秩序化でもある。ただ芸術はなにごとかが突出しているが、バーの空気はおなじ秩序であっても、突出していては、かえって趣味がわるくなる。

（三十巻　愛蘭土紀行I、紳士と浮浪者）

しかし、よくできたブランディ・グラスは、なまじいな匠気《しょうき》をもった芸術家の壺などよりずっと形が微妙だし、美的緊張を感じさせる張りもあり、手ざわりとしての好もしさもある。

（三十巻　愛蘭土紀行I、紳士と浮浪者）

まだロンドンにいる。

街も人も、銅版画のなかにある。まことに、秩序的である。あるいは大英帝国のころの繁華の形態そのものを国をあげて保存しようとしているかのようである。どのビルも、十九世紀で時計の針をとめている。

街並そのものが、錆びた甲冑を着込んだ老騎士のようにならんでいる。老いたりといえども、胸甲を張っているのである。

（三十巻　愛蘭土紀行Ⅰ、いまは昔）

――リヴァプールゆきの列車に乗って

走りだすと、ほどなく英国の田園風景が展開しはじめた。牧草におおわれた野や丘、それに林、あるいはわずかに点在する田園の住宅。ときにあらわれる古い領主の館。

車窓が切りとってゆくどの瞬間も、よく構成された絵画というほかない。ただ一種類なのだが、見飽きることがないのは、秩序がもつ魅力としかいいようがない。

（三十巻　愛蘭土紀行Ⅰ、リヴァプール到着）

脇町のよさは土蔵造りの家並だから、それを町造りの基調にして、そういう個性がさらに再生産されてスーパー・ストアができあがっている。しかも模倣の薄っぺらさを感じさせず、真正面から、四つに取りくんで設計されているようなのである。

「いい感じですね」

観光めあてでないことは、物乞いのいやしさが露出していないことでもわかる。

（三十二巻　阿波《あわ》紀行、脇町《わきまち》のよさ）

——根来寺《ねごろじ》の境内で

むろん清貧とは逆説的な表現で、古刹《こさつ》が境内の旧観と自然を保っているということほどの清富はこの世にない。

（三十二巻　紀ノ川流域、中世像の光源）

――福島県の大内宿《おおうちじゆく》で

よくみると、草ぶきの屋根がトタンぶきにかわっている家もたくさんあるのだが、旧観をたんねんに残しつつ修復されている家が多いために、ぜんたいの景観が死ぬことなしに息《いき》づいている。

（三十三巻 白河・会津のみち、徳一《とくいつ》）

――大徳寺山内で

掃《は》きこまれてぬめっている敷石の面も、土の上の箒目《ほうきめ》も、根を張った松のふとやかな幹でさえ、禅の表現でないものはない。

（三十四巻 大徳寺散歩、念仏と禅）

それに、大徳寺のすがすがしさは、大寺によくある賽銭《さいせん》あつめの廟祠がないことである。中国の大寺によく付属している関帝廟とか布袋《ほてい》堂、あるいは日本の寺における荼枳尼天《だきにてん》（お稲荷さん）のように、欲求をさそう廟祠がなく、これによって境内がさわがしくなることからまぬがれている。同時に、収入の面では、清貧にも耐えている。

（三十四巻　大徳寺散歩、松柏の志）

私など、ヨーロッパの古い城壁にかこまれた町や、城郭のふもとの石畳の道を歩いていると、しだいに心に秩序ができてくる。いい町というのは、そういうものである。

（三十八巻　オホーツク街道、小清水《こしみず》で）

日本と日本人

――野辺地湾《のへじ》を眺めて

この光景をさびしいとか際涯《さいはて》とかと感ずる感覚は、われわれが二千年という長期間、弥生式水田農耕という暖地生産ですごしてきたことからきた百姓式の感覚であるにちがいない。

（三巻　陸奥《むつ》のみち、野辺地湾）

――大口盆地へ向かいながら

歴史のなかの日本人を育ててきたのは弥生式農耕であったが、その最適地である段丘地帯に身を置くと、涸《か》れた泉がよみがえるようにして二千年蓄積された感動が噴出してくるのではないかとおもったりする。

（三巻　肥薩《ひさつ》のみち、隠れ門徒）

——島尾敏雄氏と話しながら

「自分を日本人と規定するより倭人《わじん》と規定するほうが、ずっと自分がひろがってゆく感じがする」

という意味のことをいうと、島尾氏は、自分もそうだ、というふうに、うなずいてくれた。

（六巻　那覇・糸満、沖縄について）

顔を笑《え》み崩しながらあいさつをするというふしぎな対人動作は中国になく、朝鮮ではまったく無いと言っていい。日本の本土と沖縄だけにあり、これは習慣というより、もうすこし民族論的に根の深い場所から出ているのかもしれない。

（六巻　石垣・竹富島、竹富島のT君）

そのうち、私は漁業に興味をもってしまった。自分が魚つりをするというようなことでなく、ばく然と漁民の暮らしの歴史というようなものが、われわれ日本人の歴史のなかの正統の筋目のひとつではないか、と思いはじめたのである。

（七巻　明石《あかし》海峡と淡路《あわじ》みち、雲丹《うに》）

――沖縄に住むひとびとを思い

日本人よりも日本人であるこの地のひとびとが、日本人が集団になった場合のたけだけしさや、鋭敏すぎる好奇心からまぬがれているのは、歴史的に鉄器が不足していたことに有力な原因があるのではないか、とふと思ったりした。

（七巻　砂鉄《さてつ》のみち、砂鉄の寸景）

日本の昭和の半世紀というものは、変化のすさまじさという点で、人類史上、どの人類も経験しなかったものではないか。

（八巻　熊野・古座《こざ》街道、山奥の港）

古来、日本ほど首都の居住者を貴《たか》しとし、田舎をばかにしてきた国はない。平安期は鄙《ひな》といえば一概に卑《いや》しく、江戸期の場合、江戸からみての田舎者は野暮の骨頂とされた。世界にも類のなさそうな文化意識といっていい。

（十巻　羽州《うしゅう》街道、山形の街路）

ついでながら、組織内の日本人の宿痾《しゅくあ》ともいうべき意地悪は、場ちがいにやってきた当人（この場合は辻藤左衛門）に対し、それとなくお前はそこにすわるべきでないということを集団的に暗に気づかせようとする作用で、拠《よ》りどころはあくまでも組織内部の隠微な正義である。

（十巻　佐渡のみち、辻藤左衛門《つじとうざえもん》の話）

私は子供のころ、気の多い少年だったが、根が無器用だから船乗りになろうと思ったことは一度もない。それでも南蛮船の絵を見ていると、胸がときめいてしまうのは、ひとつはこの島国の社会が伝承してきた文化的遺伝によるものかもしれない。

（十一巻　横瀬・長崎、カラヴェラ船）

私どもはさまざまな点で奇民族だが、景観美についても、矮小な精神をもっている。すぐれた景観の自然のなかに村があっても、家々に塀があって、塀の囲いの中にちまちまとした庭をつくり、その小庭のほうをながめてよろこぶ通癖をもっている。

（十四巻　南伊予・西土佐の道、大洲《おおず》の旧城下）

日本列島は、いわゆる縄文期の終了までは、多様な生活文化が、同時に併存していたであろう。

現代風にいえば多民族社会であった。もしただ一個の条件——イネの渡来——さえなければ、多民族の同居地域として、こんにちとはちがった別種の発達史を持ったのではないかと思われる。

（十五巻　北海道の諸道《しょどう》、道南の風雲）

日本人が新しいもの食いというのは、多分にうそである。「中央」への均一化という意識にたえずうごかされているにすぎない。

（十五巻　北海道の諸道、寒冷と文化）

日本の観光ブームは、歴史的な異常現象といっていい。かれらは日常の猥雑のなかからのがれるために、秩序的な美しさをこいもとめている。日本の国内にわずかに遺されているそういう場所に殺到して荒らしつくしたあと、笹の実を食いつくした野ネズミの大群が海にむかうように海外にまで進出して駆けまわっている。

（十五巻　北海道の諸道、函館ハリストス正教会）

——札幌で

ホテルに着き、ロビィに入ると、到着客で混雑していた。どの客も日本人だろうと思うのだが、この町のせいか、ふしぎに顔の線が硬質に見えて、外国の人々の群れのなかにまぎれこんでしまっているような感じがしないでもなかった。

（十五巻　北海道の諸道、札幌）

谷という言葉は、語感からして私には懐しく温かく感じられる。日本人が遠いむかしから谷の低湿地に住んできたことによるのではないか。

（十六巻　叡山《えいざん》の諸道《しょどう》、横川《よかわ》へ）

――永平寺《えいへいじ》門前で

杉林のなかに埃を舞きあげて、さまざまな旅行団が、腕章をつけた添乗さんのもつ紺やえび茶の旗のもとに結集したり、一定の方向に波打って動いたり、やがて崩れて写真を撮ったりしているのを見ると、わが民族ながら、文化的奇観のようにおもえた。

（十八巻　越前の諸道《しょどう》、松岡町）

私は、陶芸は日本人にもっともふさわしい造形だと思っている。

（十八巻　越前の諸道、越前陶芸村）

——パリのホテルで

どの東洋人の顔も日本語を喋る。しかしたがいに団体ごとにかたまっていて、他の団体の所属には会釈《えしやく》もしない。

（二十二巻　バスクとそのひとびと、カトリーヌ）

私ども水辺の民は、葦を見ると、変に安堵するところがある。葦が生えている以上、稲も育つだろうという弥生人以来の遺伝（？）が頭をもたげるらしい。

（二十三巻　ポルトガル・人と海、リスボンの駅）

多様な人種が、ああいうあかるい表情で暮らしている街こそ、世界感覚のある街だというべきだろう。くろぐろと一民族で構成していて、何代も住む在日外国人をさえ特別な法的処遇をしている東京や大阪というのは、本当の意味での世界性を身につけてゆけるのだろうか。

——リスボンで

（二十三巻　ポルトガル・人と海、モラエスなど）

私どものいまの文明は、街も田園も食い荒らしている。だからひとびとは旅行社にパックされてヨーロッパへゆく。自分の家の座敷を住み荒らしておいて、よそのきれいな座敷を見にゆくようなもので、文明規模の巨大なマンガを日本は描いている。こんなおかしなことをやっている民族が、世界にかつて存在したろうか。

（二十四巻　近江散歩、塗料をぬった伊吹《いぶき》山）

どうも、日本人は後世を意識することが薄いらしい。そういう鈍感さを野蛮人であるとする定義が、古い中国にあった。後世を意識するのが、文明人だという。

（二十五巻　中国・閩《びん》のみち、山から山へ）

榧《かや》ノ木はなにやら貴げだという私のとりとめもない感覚は、ひょっとすると縄文時代からひきついでいる文化的な遺伝かもしれない。

（二十八巻　耽羅《たんら》紀行、森から草原へ）

――済州島の草原に立ってひょっとすると父母《ふも》未生《みしよう》以前に自分はこの耽羅国にいたのではないか、という遺伝子が喚《よ》ぶような実感が、粘膜に濡れた感覚とともに湧きあがってくるのである。

（二十八巻　耽羅紀行、森から草原へ）

歴史的な中国や朝鮮の場合、職人は尊敬されなかった。おそらく儒教のせいであったろう。
それにひきかえ、歴史的日本では、名人は社会的身分制を超えて尊敬をうけた。

（二十九巻　飛驒《ひだ》紀行、左甚五郎《ひだりじんごろう》）

ちょっと余談だが、ヨーロッパを歩くときも、考えるときも、私たちがギリシア・ローマの子孫では決してないという、ずっしりとした身元《アイデン》証明《ティティ》を持ちつづける必要がある。
ギリシア・ローマは、欧米人にとってまことに重い。

（三十巻　愛蘭土《アイルランド》紀行Ⅰ、ギリシア・ローマ文明の重さ）

明治後こんにちにいたるまで、役人による中央集権がすすむにつれて、日本文化の多様さがつぶされて行った。このままゆけば、日本文化は統一ボケという悲惨なところへおちいるのではないか。

（三十二巻　阿波《あわ》紀行、阿波おどり）

かれら弥生人は、溝《みぞ》を掘って排水溝をつくったり、灌漑用の池をおおぜいで掘ったりした。いざ掘りあげたときは、村じゅう池のふちに集まって大笑いしたにちがいなく、そんな感覚が、私どもに遺伝しているのかもしれない。私がじっこんにしてもらっているお医者さんは、ストレスがたまると大きな穴を掘る。

（三十三巻　赤坂散歩、ソバと穴）

都あこがれという日本人の習癖は、はるかなむかしながら、八世紀初頭に出現した平城京《へいじょうきょう》（奈良の都）のころにさかのぼるべきなのかもしれない。

（三十七巻　本郷界隈、漱石と田舎）

——明治を思い

「東京からきた」というだけで、地方ではその人物に光背《こうはい》がかがやいているようにみえた。いまなおそうなら、文化的遺伝といっていい。

（三十七巻　本郷界隈、漱石と田舎）

――モヨロ遺跡を思いつつ

ヨーロッパ人のよろこびは、おそらく古代ギリシャ文明というかがやきを背負っていることだろう。

それにひきかえ、私ども日本人が所有している古代は、じつに素朴である。

（三十八巻　オホーツク街道、モヨロの浦）

――江上《えがみ》波夫《なみお》博士の言葉を受けて

一つの島に落ちつくと、沖にみえる島にゆきたくなる。

宗谷岬に立っている私どもは、正統の縄文人の末裔らしい。

（三十八巻　オホーツク街道、流水）

オホーツク人の正体につき、私の想像力では手に負えなかった。が、そのことに後悔していない。

そんなことよりも、私どもの血のなかに、微量ながらも、北海の海獣狩人《かりゆうど》の血がまじっていることを知っただけで、豊かな思いを持った。

（三十八巻　オホーツク街道、旅の終わり）

旅に見いだす

——花背《はなせ》村付近で

昭和三十年代に姫路から岡山までの未舗装の山陽道で日本の道路文明の粗末さをなげいた同じ人間が、いまは全国的に数少なくなった未舗装道路を走っていてまるで貴重な文化財でも発見したような豊かさを感じるなど、人間の文化意識が環境に左右されるところがいかに大きいかという証拠のようなものである。

（四巻　洛北《らくほく》諸道、杣《そま》料理）

たしかにロシアの草原《ステップ》の民もそうであるように、モンゴル民族も衣食住と同様に詩を生きるための必要なものとしている。とくにひとびとが故郷の詩をほしがるために、詩人たちも、すすんでそれを主題にするらしい。

（五巻　ゴビへ、ゴビ草原）

伊波普猷《いはふゆう》は沖縄の島々の歴史的な諸問題をひとことで言いあらわして「孤島苦」といったが、樋のない屋根構造を発達させたのは、孤島苦からくる孤島智というべきものであるかもしれない。

（六巻　石垣・竹富島、蒐集館《しゅうしゅうかん》の館主）

ともかくも商売や商人ということに根源的な疑問をもつ素地が沖縄にはあるというのが、沖縄の凄味《すごみ》の一つといっていい。

（六巻　与那国島《よなぐに》、商売と商人）

くにに帰って百姓でもする、と都会のインテリがいったりする。しかし漁師でもするという言い方がないことに私はかねて奇妙に思っていた。結局は百姓の技術よりも漁業の技術のほうが、体で覚える上でより困難なのかもしれない。

（七巻　明石《あかし》海峡と淡路《あわじ》みち、鹿《しか》の瀬《せ》漁場）

われわれの故郷についてのイメージの底には、かならず松が作る景色があるように思える。

（七巻　明石海峡と淡路みち、松の淡路《あわじ》）

風景というのは地元民のものでありながら、しかし外界の者に発見されないと価値が成立しないものらしい。

（八巻　熊野・古座《こざ》街道、一枚岩）

だれでもそうだが、幼いころの記憶の景色には原始シャーマニズムのように神の憑《よ》り代《しろ》といった匂いがある。

（九巻　播州《ばんしゅう》揖保川《いぼがわ》・室津《むろつ》みち、鶏籠山《けいろうざん》）

商業主義というのは本来、もっとも質のいい文化と売り買いの快適な仲間関係を生みうる可能性を持っているが、ただ残念なことに、それには高度の良心を必要とするのである。

（九巻　信州佐久平みち、小波たつ川瀬）

——紅葉したすももの木を前に

最初は珍奇な木だと思って見たせいか、すべての葉がふしぎな紫蘇色に見えたが、いまは幾度ふりかえっても、単なる枯葉の色に見える。すべて印象というものはそういうものであるらしく、最初は芸術的で、醒めて見ればただの現実である。

（十巻　羽州《うしゅう》街道、狐越《きつねごえ》から上ノ山《かみのやま》へ）

日本という国では、大建造物の来歴がほぼわかっている。わからないというのは、蓮華峰寺《れんげぶじ》の魅力だけでなく、佐渡そのものの魅力といえるかもしれない。

（十巻　佐渡のみち、室町の夢）

私の昔からの癖だが、地図の中で肥前の島々や浦々をたどっていると、にわかに貿易風の吹きわたるにおいを感じてしまう。さらにはそれらの地図が、単なる日本地図というよりも、世界史の色彩に重ね染めされているようにも感じられるのである。

（十一巻　蒙古《もうこ》塚《づか》・唐津《からつ》、震天雷《しんてんらい》など）

私有権というものが、本来、社会の共有のものである風景まで変化させてしまうほど強烈なものであるのかどうか、今後、おそらくむずかしい問題になるにちがいない。

（十一巻 蒙古塚・唐津、虹《にじ》の松原）

ヨーロッパの航海者というのは、じつに不遠慮なものであった。たとえば、幕末にいたっても、英国でできた海図には、九州、瀬戸内海あたりの島や岬、海峡の多くが英国名称になっていた。つまりは、かれらが「発見」したからである。

（十一巻 横瀬・長崎、福田浦）

探険家たちのほとんどがアイヌへの同情者であり、松前藩への痛烈な批判者であったことは、明治以前の蝦夷地史を考える上でのわずかな救いといっていい。

（十五巻　北海道の諸道《しょどう》、最後の城）

「五日ほど前の新聞に出たことですが、大きな滝がみつかったんです」まだなお北海道はそういう面をもつ土地だ、ということであろう。

（十五巻　北海道の諸道、札幌）

人間は、歴史的建造物に人格を感じてしまうようにできている。広義の宗教心理のなかに入るであろう。

（十六巻　叡山《えいざん》の諸道《しょどう》、タクワンの歴史）

――法華大会《ほっけだいえ》で

現代にあってはすべてが見えすぎるし、精神としても諸事、見えすぎることを要求する。そのことはわれわれに大きな幸福をもたらしたし、悔いる必要はないが、しかし朦朧とした金色の世界への憧れを喪失してしまったことに気付かないということも、さびしい。

（十六巻　叡山の諸道、鬱金《うこん》色の世界）

人間の諸現象のなかで、人間が人間を苛《いじめ》るということほど胸の悪くなることはないが、とくに苛め側が正義や使命感を持ったとき、悪魔以上のことをやるらしい。徳川官僚にとって切支丹退治というのは政権から与えられた強烈な正義であった。

（十七巻　島原・天草の諸道《しょどう》、口之津《くちのつ》の蜂起）

天草は、旅人を詩人にするらしい。

まして詩人が旅人であれば、若い日の北原白秋たちがそうであったように、鳴き沙のなかにはるかな西方の浪の音まで聴きわけ、歴史という虚空のなかにまで吟遊して歩く人になるのかもしれない。

（十七巻　島原・天草の諸道、天草灘《あまくさなだ》）

――天草の千枚田を眺めた田畑化されたどの山も、下から見あげると、巨大な一本のねじのように見える。しかもそれらは、いまは草だけが生えている。極微な零細農業など、ひきあわなくなった現代をよく象徴している。

（十七巻　島原・天草の諸道、上田《うえだ》宜珍《よしうず》）

数日、野や山や盆地の町にいて、ひさしぶりに福井市内にもどると、ゆきとどいた都市設備にくるまれている自分を感じた。その点での安堵もあり、逆に不安もある。不安は、こわれやすいガラス製実験器具にとりかこまれて、身動き一つにもこまかい神経をつかわねばならないという感じに似てもいた。

（十八巻　越前の諸道《しょどう》、福井平野）

文化の肥えた地というのは、うまいパンをつくる才能を生むし、それを支持して育てるひとびとにも事欠かないのである。

（十八巻　越前の諸道、福井平野）

私は、民族というものに優劣とか血統的な神秘性を感じない。古代、民族とは、それぞれ食うための生産形式を共有し、その生産形式ごとにわかれていたと思っている。つまりそれぞれが、稼業《しょうばい》をもち、しょうばい違いごとに民族が形成されていた。

（十九巻　中国・江南《こうなん》のみち、旅のはじめに）

――紹興の町で

紹興の酒造工場の構内を歩いていて、酒そのものよりも、酒を醸《かも》したり貯蔵したりする容器のほうに中国と日本の文化のちがいを感じたり、さらには文化という交流がとほうもなく玄妙な働きをすることにおかしみを感じた。

（十九巻　中国・江南のみち、酒の話）

人間は単に地を歩くだけの動物だが、ときに船に乗って水を渉《わた》るということの快感は、ふだん眠っている深い欲求とつながりのあることかもしれない。

（十九巻　中国・江南のみち、戎克《ジャンク》）

ヨーロッパ文明と古代中国のそれとはちがいすぎる。中国文明が生んだジャンクが、風をうけ波にゆれながら進んでいる姿をみると、中国文明という概念的なものが、具体的な生きものに化《な》って動きまわっているというなまなましさをたれでも感ずるのではあるまいか。

（十九巻　中国・江南のみち、ジャンクの遠征）

——イ族の村で

その二人のお嬢さんを見ているうちに、娘の衣装というのは民族の花なのだと思った。

（二十巻　中国・雲南《うんなん》のみち、石造アーチ橋）

この樹々の根が持ちかかえている多量の保水量こそ広島市をふくめた安芸《あき》南部の宝であるかとおもった。

——根ノ谷《ねのたに》の山中で

（二十一巻　芸備《げいび》の道、川と里）

かれが藩主に説いて奇兵隊をつくらせたのは一藩存立の危機を感じたからであり、それ以外にはなかった。せっぱつまった危機意識ほど、人間を結果として思想的にするものはない。

——高杉晋作について

（二十一巻　芸備の道、西浦の里）

私は墓に関心はないが、ごく平《ひら》たく考えて、死者の事歴を語るひとがそこにいる場合、墓石は死者の人生の凝縮されたものと言えなくはない。もしそう言えるとすれば、墓を文学として感ずる場合もありうるかと思える。

（二十一巻　神戸散歩、西洋佳人の墓）

時間についての意識をもちすぎているだけに横浜は神戸より暗く哲学めいている。神戸はそれをより薄くもっているだけに、すぐれたカラーリストの絵をみるようにあかるい。

（二十一巻　横浜散歩、光と影）

船旅の時代は日本ではおわったが、欧米ではつづいている。ゆっくりした時間のなかに身を置くという楽しみを文明として持っているからだという。

（二十一巻　横浜散歩、光と影）

――パリのホテルで

ときどきアメリカからの一団が、にぎやかにロビィを横切ってゆく。日本語圏の東洋人が、きんちゃくの口を絞《しぼ》ったように顔の中心で緊張しているのに対し、移民でできあがった社会と広闊な国土をもった国のひとたちは、どの顔も遠心的にそとへひろがっていて、手足の動きまでが滑稽なほどにあかるい。

（二十二巻　バスクとそのひとびと、カトリーヌ）

私どもがモンマルトルの市街の一角に立ったとき、雑然とした活気、パリらしからぬ不統一な色彩、単純な射倖心《しゃこう》を満足させる程度の遊戯場、駄菓子のような色の店舗といったものをながめているうち、いま新宿の一角に立っているといわれても、さほどの違和感を感じないていの都市風景だった。

（二十二巻　バスクとそのひとびと、夏の丘）

――ポルトガル最初の駅（マルバウン・ベイラ）で

ポルトガル人にはそう感じられないかもしれないが、外国人である私どもの目からみれば、この駅舎の感じは、いかにも懐しげなタイル絵の多用ぶりといい、なにかぬけぬけと抒情《じよじよう》的で、音楽でいえばリズムよりもメロディの感じであり、嫋々《じようじよう》としている。

（二十三巻　ポルトガル・人と海、国境の駅）

――コンクリートに固められた堀を見て

私どもの文明は、コンクリート病にかかっているのである。

（二十四巻　近江散歩、ケケス）

私は、浦島太郎の気持がわかるような気がした。いささかも外形が変らず、時間だけが川のように流れている。東大寺のおそろしさだと感じた。

（二十四巻　奈良散歩、兜《と》率天《そつてん》）

――天然テグスの本場・福州へ来て

特殊な蛾の大型のイモムシをながめていて、その中に糸のモトがあるだろうと考えた最初の福建人（？）はえらい人である。その糸を見てこれを魚釣りにつかおうと考えた堂ケ浦の漁師も、われわれの恩人といっていい。異国間の文化交流というのは、テグスのようであるのが理想のように思える。

（二十五巻　中国・閩《びん》のみち、福州の橋）

舟ばたから手をのばして水に浸《つ》けた。陸行した疲れが、この水行のおかげで吹きとぶような気がした。風景画に川か湖沼があれば心がなごむように、水景というのはわれわれの原始的な感情につよいかかわりを持っているようだった。

——ショー族の村の渡し舟で

（二十五巻　中国・閩のみち、対々《ついつい》の山歌）

しかし神というのは、ひとがつくる。というよりひとびとの信仰が凝《こ》ってそこに生《あ》れるもので、生《あ》れれば霊験《れいげん》もでき、霊験があれば神威もできる。

（二十六巻　嵯峨散歩、車折《くるまざき》神社）

——仙台の商店街・東一番丁で娘さんがあたらしく洋服を買ったとき、それを着てあるく場所が、たとえ三〇〇メートルでもあるというのが都市である。

（二十六巻　仙台・石巻、屋台と魯迅《ろじん》）

人間の営みの遺跡というのは、価値観を超えて保存されねばならない。しかし、ひとびとが道を遠しとせずにそこへ出かけるのは、遺跡に接することによって生きることの荘厳さを感じたり、浄化されたり、あるいは元気が出てきたりすることを期待してのことである。

（二十七巻　因幡《いなば》・伯耆《ほうき》のみち、亀井茲矩《これのり》のこと）

書物で旅することは、なまなかに現実《うつつ》を旅するよりはよい。著者のゆたかな感受性をたどって、景色の内側の本質にまで入ってゆけるからである。人が人の世を深く過ごすには、すぐれた人達の感受性にたよるしかない。

（二十七巻　因幡・伯耆のみち、『木綿《も めん》口伝《く でん》』）

ともかくも、神社で寄合酒の座をもつなど、これは中世の惣《そう》とか郷村《ごうそん》以来の伝統ではないか。

——高知県檮原《ゆすはら》町で

（二十七巻　檮原街道（脱藩のみち）、武陵桃源《ぶりょうとうげん》）

幻想が政治的になる場合には自他の生命にかかわるが、文学になるとき、しばしば不朽なものを生む。

（二十八巻　耽羅《たんら》紀行、瑩域《えいいき》の記）

海というのは、ふしぎなものである。水だけのとりとめもない世界なのに、人間がそこへ押しだす場合、風むきや海流の方向などによって、陸地のように道ができてしまう。

（二十八巻　耽羅紀行、不滅の風韻）

ともかくこんにちの段階の産業国家が当然、重教育主義になることはかまわない。しかしそのつぎの社会は、産業革命以後の社会を踏まえた程度では把握しがたいほど変った社会になるにちがいない。

おそらく——これは多分に空想だが——海女のような古代以来の技術が異常な尊敬をうけるような気がする。そのときもなお海女の風俗と技術が残っていてくれればありがたいのだが。

（二十八巻　耽羅紀行、赤身露体《せきしんろたい》）

地名には言霊《ことだま》が宿っているだけでなく、私どもの先祖の暮らしや歴史が刻印づけられていると思っている。

（二十九巻　飛騨《ひだ》紀行、飛騨境橋《さかいばし》）

運河は、それまでやや単調だったイギリスの景色を、魅力あるものに変えた。風景が、これに水面を加えることで美しくなるという原則は、東洋も西洋もかわりがない。

（三十巻　愛蘭土《アイルランド》紀行Ⅰ、リヴァプール到着）

——ゴールウェイで

雨の日は、アイルランド人に神を思わせる日かもしれない。なにしろ、雲が教会の尖塔の上にまで降りてきているのである。私どもは雲をかぶるようにして歩き、ホテルにもどった。

（三十一巻　愛蘭土紀行Ⅱ、ゴールウェイの雨）

孤島というものは、食《しょく》においても一種の偏食文化になるらしい。

（三十一巻　愛蘭土紀行Ⅱ、イルカのお供）

――アラン島で

しかしながら、住みがたいほどの酷薄な土地に住んでいればこそ、人間の心は超越者に対して感じやすくなるのではないか。

（三十一巻　愛蘭土紀行Ⅱ、カラハと葬送曲）

――アイルランド西岸を南下中に

あらゆる丘陵がひくい。

このため、空が大きく、その蒼穹《そうきゅう》を見ているかぎりにおいては、カトリックの唯一神の居場所はある。しかし一神論の発祥の地の中近東の沙漠の上の天が、絶対的に大地を支配しているというふうな圧迫感はない。

（三十一巻　愛蘭土紀行Ⅱ、城が島）

――不況のため海外への移住者が増加しているという記事にふれ

さきに地球規模といったが、もしそのように心を大きくひろげて考えるとすれば、人類が、アイルランドというエメラルドのような田園を保有していると思うだけでも、他者にとって気持がゆたかになる。

（三十一巻　愛蘭土紀行Ⅱ、峠の妖精）

——染料の藍の産地を訪れて

人間は、素裸では、赤くも青くもない。衣服を色で染めることによって、蝶や蝗《いなご》、あるいは熱帯魚のように美しくなるのである。

（三十二巻　阿波《あわ》紀行、水陸両用の屋根）

——能因《のういん》法師の歌を思いつつ

都びとにとって〝遥か〟はそれだけですでに詩であっても、当時の奥州《おうしゅう》人にとっては、そういう詩情はいやだったろう。

（三十三巻　白河・会津のみち、新幹線とタクシー）

東北は単独ですでに偉大なのである。東京への交通機関的な距離で自己の価値をきめねばならないような土地ではない。

（三十三巻　白河・会津のみち、新幹線とタクシー）

——ライデン市役所で婚礼に出くわし

いまなお、オランダ人のくらしには〝時はカネ〟なのだが、白い婚礼自動車の運転手さんは、時も契約のなかに入っているのか、路傍でニコニコして新郎新婦をながめている。その顔つきがいかにものどかで、ビジネス社会が熟成しきっていることをよくあらわしている。

（三十五巻　オランダ紀行、都市物語）

——オランダと西ドイツの国境で
国境がこのようにやわらかいものになるのに、ヨーロッパでは数世紀、あるいはそれ以上、戦争をかさねてきているのである。

（三十五巻　オランダ紀行、三国《さんごく》瞥見《べっけん》）

芸術家にとって最大の侮辱は、
——君には才能がない。
ということだが、普通の生涯を送ろうとする者の場合、才能とはおよそ荷厄介なものである。

（三十五巻　オランダ紀行、入念《にゅうねん》村にゆくまで）

ゴッホを観るのは一点だけでいい。多様で多数なその作品群を一堂で観ると、当方のいのちまで重くなってしまうのである。

（三十五巻　オランダ紀行、入念村にゆくまで）

文化というのは、慣習のことである。いわば根雪《ねゆき》のようなもので、保存の気分のないところに残らない。

（三十六巻　本所深川《ほんじょふかがわ》散歩、百万遍《ひやくまんべん》）

——白鬚橋《しらひげ》で

橋が両岸のにぎわいをつないでいて、水の上はわすれられた空間らしい。

（三十六巻　本所深川散歩、白鬚橋のめでたさ）

本所《ほんじょ》を歩き、深川《ふかがわ》の辻々に立ったが、べつだん江戸の気分というものはない。

そういう気分は、本来、ひとびとの幻想のなかだけで息づいていたものかもしれず、幻想こそ文化かもしれないのである。

（三十六巻　本所深川散歩、思い出のまち）

江戸の地は、すべて人の手で造成された。造成のための諸人の労苦は凄惨なほどで、ひとびとは鍬《くわ》でもって高所をくずし、低所には堀を掘り、土を掻きあげて湿地をうずめて地面らしくした。造成には、三代将軍家光以後までかかった。江戸・東京の土一升には、おびただしい人間の汗や脂がしみこんでいる。

（三十六巻　神田界隈、茗渓《めいけい》）

世間を歩きまわっている本のことを古本というのである。

（三十六巻　神田界隈、反町《そりまち》さん）

私は、中国をのぞいて極東の古代信仰はほぼ一つだとおもっている。縄文人がそのようにしたかどうかは証しにくいにせよ、弥生人にとっては、天も地も神だった。

（三十八巻　オホーツク街道、花発《ひら》けば）

私どもの意識の底に、山河に神々を感じる感情が、埋《うも》れ火のようにしてのこっている。

（三十八巻　オホーツク街道、ウィルタの思想）

――樺太出身の藤山ハルさんを思いつつ
彼女の死は、荘厳だった。なぜならその死とともに、樺太アイヌ語は死語になったのである。
が、学問としてのこった。

（三十八巻　オホーツク街道、アイヌ語という川）

むかしもいまも、鉄道少年にとって車掌さんはあこがれの職業である。

（三十八巻　オホーツク街道、声問橋《こえとい》）

——地名にカムイとつく場所をたどって
このように、旅人の身ながら、北海道の自然にくるまれていると、神の居そうな地形がわかりそうな気がしてくる。

（三十八巻　オホーツク街道、佐藤隆広　係長）

——マンハッタン島北端のインウッド・ヒルズの自然公園で
自然を残すというのは、〝文明〟が持ちはじめたあたらしい意志である。

（三十九巻　ニューヨーク散歩、マンハッタン考古学）

服装は、個人もしくは集団の主張でもある。私が神妙にセビロを着ているのも、セビロがいわば人類のシニアの制服みたいなものだと思っているからで、世界の大体の趨勢《すうせい》に恭順の意を表しているからである。

（三十九巻　ニューヨーク散歩、ウィリアムズバーグの街角）

悲しみのみが、時間をこえて人間の伝承を伝えるものらしい。

（四十巻　台湾紀行、葉盛吉《ようせいきち》・伝）

清潔好きな社会も、無頓着《むとんじやく》な社会も、単に慣習にすぎない。

（四十巻　台湾紀行、潜水艦を食べる話）

そこを歩けば舞台を歩いているように晴れがましい気分にさせる場所をつくったのは、どの都市でも市役所や区役所ではなく、たとえばＰＲ誌『銀座百点』を刊行しているような商店街の組合なのである。

（四十巻　台湾紀行、看板）

宗教が人類的であるように、土木もしばしばそういう性格を持ってきた。

とくに古代がそうだった。

（四十巻　台湾紀行、珊瑚潭《さんごたん》のほとり）

――高雄で

地質時代の古生物の骨や殻《から》の上にいるかと思えば、ヒトの文明など単なる傲《おご》りではないかと思えてくる。

が、私にはヒトの営みが懐しい。

（四十巻　台湾紀行、山川草木）

船乗りたちに、文句なしに積ませるんだ、とうたいあげるときに、詩的快感がおこる。空想のなかで、砂が米に化《な》る。詩が人にあるというのは、一つはこういう痛快さのためである。

——津軽の唄「十三《とさ》の砂山」への考察

この詩が、もし豊かな南国で成立すれば、単に駄じゃれにすぎない。米と材木のほか、全国の流通のなかに送りだす物産が乏しかった津軽でこそ、哀調を帯びた詩と唄になる。

（四十一巻　北のまほろば、鰺ケ沢《あじがさわ》）

——白神山地が「世界遺産」に指定され

想像するだに楽しいことは、五千年前、東北地方一円が、ブナやミズナラの一大森林だったことである。縄文文化はその大森林のなかではぐくまれた。

（四十一巻　北のまほろば、三人の殿輩《とのばら》）

旅びと司馬遼太郎

街道はなるほど空間的存在ではあるが、しかしひるがえって考えれば、それは決定的に時間的存在であって、私の乗っている車は、過去というぼう大な時間の世界へ旅立っているのである。

（一巻　湖西《こせん》のみち、朽木《くつき》渓谷）

トンカツは私の旅の小さな心得のひとつで、これぱかりは土地の都鄙《とひ》を問わず、店舗の華卑を問わず、味に上下がない。

（三巻　陸奥《むつ》のみち、久慈《くじ》）

——アムール川の河畔で

ひまつぶしにこまると、人間というのはつい人間を見物してしまうらしい。泳いでいるひとびとを、岸辺でおおぜいの男女が見物している。その男女を私が見物してしまっている。

（五巻　ハバロフスクへ、ボストーク・ホテル）

——イルクーツクで

昨夜、モンゴル領事館の運転手のアパートを訪ねて旅券をあずけっぱなしにして帰ってきたが、運転手が入国査証の事務をやるなど、なんだかお伽話《とぎばなし》の世界のような気もする。

（五巻　イルクーツクへ、匈奴《きょうど》）

私のこの旅は、あたらしい土地へゆくとかならず国府のあとか、それが明瞭でなければ国分寺あとを訪ねることにしている。そのあたりは上代におけるその国の中心だったから、山河を見わたすだけでも、感慨が深まるような気がする。

（九巻　信州佐久平みち、千曲《ちくま》川点景）

地図に刷りこまれていても、土地生まれの者でさえその祠を知らないというのは、旅人にとっては一つの認識なのである。

（十三巻　壱岐《いき》・対馬《つしま》の道、唐人神《とうじんがみ》）

私はどの土地に行っても、できるだけその土地にくわしい人に接触しないようにしている。

（十三巻　壱岐・対馬の道、豆腐譚）

——ザヴィエル城へ向かいながら

「眠ったらどうですか」

「そうはいかない。こんないい道路を走っていて」

いい道路というのは、この道を、ザヴィエルも通ったし、ザヴィエルの父のファン博士にいたっては、王様のいるパンプロナと、夫人と息子や娘たちが住むザヴィエル城との間を往来するために何度通ったかわからない、という意味においてである。

（二十二巻　バスクとそのひとびと、ザヴィエル城の出現）

旅とは初対面の印象を得るためにするものだし、このあとどんなに素晴しいものをみても、最初の印象のういういしさには及ばない。

（二十三巻　ポルトガル・人と海、国境の駅）

私はとくに酒がすきというわけではない。ただ旅先では、一日がおわると、一日の経験を酒に溶かしこんで飲んでおかねば、後日、わすれるような気がしてならない。

（三十巻　愛蘭土《アイルランド》紀行I、ウィスキーのEを飲む）

——「愛蘭土紀行」をおえて

いまも旅路の鈴が鳴りつづいて、どうやら当分やみそうにない。旅をしたというより、越してきた山河が書物のように思われて、そういうあたり、ふしぎな国だった。

まことに、文学の国としかいいようがない。山河も民族も国も、ひとりの〝アイルランド〟という名の作家が古代から書きつづけてきた長大な作品のようでもある。

（三十一巻　愛蘭土紀行Ⅱ、表現の国）

――ゴッホが暮らしたニューネン村への道中で
いまメリンダさんが、車から降りては土地のひとに道をたずね、相手のことばのわからなさに閉口している。そのことばこそ、ゴッホのブラバント弁ではないか。

「彼女は、ゴッホと話しているようなものですね」

旅をしなければ、こんな愉快な小景にぶつかることはない。

（三十五巻　オランダ紀行、ブラバント弁）

『街道をゆく』「全街道名」および「歩いた道」一覧

1. 湖西のみち、甲州街道、長州路　ほか

湖西のみち……大津市～穴太～安曇川町～朽木谷（興聖寺）

竹内街道……天理市～布留（石上神宮）～三輪山（大神神社）～竹内峠

甲州街道……八王子市～小仏峠

葛城みち……笛吹（火雷神社）～森脇（一言主神社）～高鴨神社

長州路……下関市（赤間宮）～山口市（湯田温泉・瑠璃光寺）～津和野町～益田市

2. 韓のくに紀行

加羅の旅……釜山（倭城、竜頭山公園）～金海（首露王陵）

新羅の旅……金海（首露王陵）～慶州（仏国寺、掛陵）～慕夏堂（友鹿洞）

百済の旅……大邱～倭館～大田～儒城～扶余、近江蒲生野

3. 陸奥のみち、肥薩のみち　ほか

陸奥のみち……八戸～久慈～侍浜～小子内浜～種市町～種差海岸～鮫～野辺地湾～青森

肥薩のみち……田原坂～熊本～八代～人吉～久七峠～大口～曾木ノ滝～川内～苗代川～鹿児島～蒲生郷

河内みち……富田林～高貴寺～弘川寺～観心寺～大ケ塚

4. 郡上・白川街道、堺・紀州街道　ほか

洛北諸道……鞍馬街道～峰定寺～山国郷（常照皇寺）～周山街道

郡上・白川街道と越中諸道……郡上八幡～白川郷～五箇山郷～富山

丹波篠山街道……老ノ坂～亀岡～篠山～立杭～三田

堺・紀州街道……堺（南宗禅寺、船待神社）～樫井

北国街道とその脇街道……今津～敦賀～武生～栃ノ木峠～木ノ本

5. モンゴル紀行

ハバロフスクへ、イルクーツクへ……ハバロフスク～イルクーツク（モンゴル領事館ほか）

ウランバートルへ、ゴビへ……ウランバートル（ザイサン・トルゴイ、スヘバートル広場ほか）～南ゴビ（ゴビ草原・ゴビ砂漠）

6. 沖縄・先島への道

那覇・糸満……那覇市～糸満市

石垣・竹富島……石垣島（川平～宮良殿内～石垣家～宮鳥御嶽）、竹富島（犬の

井戸～牛岡～鍛冶場遺跡～星砂の浜～喜宝院蒐集館～島仲家～安里家）
与那国島……祖納～波多浜～門中墓～サンニヌ台～トゥング田

7. 甲賀と伊賀のみち、砂鉄のみち　ほか
甲賀と伊賀のみち……伊賀上野城～西高倉～御斎峠～多羅尾～信楽～紫香楽官趾～瀬田
大和・壺坂みち……橿原市今井～檜前～高松塚古墳～高取城趾～壺坂寺
明石海峡と淡路みち……明石～岩屋～洲本～国分寺～志知城趾～慶野松原～伊弉諾神宮
砂鉄のみち……米子～安来（和鋼記念館）～鳥上山（船通山）～皆生温泉～宍道湖畔～光明寺～吉田村菅谷～揖屋～日野町～四十曲峠～湯原～加茂町～万灯山古墳～津山

8. 熊野・古座街道、種子島みち　ほか
熊野・古座街道……すさみ町～七川ダム～真砂～古座峡～明神～潤野～古座町
豊後・日田街道……日出町～由布院～長者原～森～日田市～小石原村
大和丹生川（西吉野）街道……下市町～唐戸～十日市～鹿場～黒淵
種子島みち……浜津脇～能野里～石寺～西之表市（種子島博物館、栖林神社、種子島城趾）～島間～牛野～門倉崎～千座ノ岩屋

9. 信州佐久平みち、潟のみち　ほか
潟のみち……亀田町～鳥屋野潟～木崎（豊栄市）～新津市～五泉市～村松町～上杉川
播州揖保川・室津みち……伊和～山崎町～龍野市～岩見港～室津
高野山みち……橋本市～九度山町（真田庵、慈尊院）～高野山（真別処）
信州佐久平みち……別所温泉（常楽寺）～上田市～本海野～小諸市～臼田町～軽井沢町～岩村田～望月町

10. 羽州街道、佐渡のみち
羽州街道……東根市～天童～立石寺～上山～米沢～小野川温泉～長井～荒砥～狐越～上山～山形
佐渡のみち……両津～熱串彦神社～二宮神社～河原田～真野・新町～大須鼻～倉谷～小木～蓮華峰寺～相川

11. 肥前の諸街道
蒙古塚・唐津、平戸……福岡～今津の浜（元寇の防塁、蒙古塚）～包石～虹の松原～呼子～外津浦～名護屋（堀久太郎陣跡）～唐津～平戸
横瀬・長崎……平戸（平戸城、オランダ商館趾、松浦史料博物館、印山寺屋敷跡）～佐世保～早岐～横瀬～長崎～福田浦

12. **十津川街道**

五條・大塔村……富田林市～河内長野市（観心寺）～千早峠～五條市～西吉野村～大塔村（天辻峠、阪本・猿谷ダム、殿野、辻堂）

十津川……長殿～宇宮原～谷瀬～上野地～十津川ダム（風屋ダム）～野尻～十津川村役場～上湯～十津川高校（旧文武館）～折立～玉置山（玉置神社）～七色

13. **壱岐・対馬の道**

壱岐：石田町（印通寺・唐人神、遣新羅使墓）～郷ノ浦町（岳ノ辻、郷ノ浦）～芦辺町（国分寺跡）～勝本町（城山公園、河合曾良の墓、神皇寺跡、唐神遺跡）

対馬：厳原町～美津島町（鶏知、浅茅湾、大船越、万関瀬戸、小船越）～峰町（木坂・海神神社）～上県町（佐護・多久頭魂神社、佐須奈）

14. **南伊予・西土佐の道**

松山市（伊予豆比古命神社）～重信川～砥部町～内子町～大洲市～冨士山（如法寺）～卯之町（開明学校）～法華津峠～吉田町～宇和島市（宇和島城、大超寺奥、愛宕山、神田川原、天赦園）～松丸街道～松野町（目黒・建徳寺）～四万十川～中村町

15. **北海道の諸道**

松前へ：函館市（湯の川温泉、宝来町、函館ハリストス正教会）～上磯町（矢不来）～知内町～福島町～松前町（家老屋敷跡、松前城跡）～上ノ国町～江差町

厚田村へ：千歳空港～札幌市～石狩町～厚田村

新十津川へ：札幌市～当別町～月形町（樺戸集治監跡）～新十津川町～滝川市～深川市～旭川市

陸別へ：旭川市～上川町～石北峠～留辺蘂町（湯根湯）～陸別町

16. **叡山の諸道**

叡山東麓（大津側）：浜大津～錦織～穴太～坂本（生源寺、双厳院、瑞応院、滋賀院門跡、慈眼堂、走井堂、日吉大社）

叡山西麓（京都側）：赤山禅院～曼殊院門跡

叡山山上：横川（横川中堂、大師堂）～無動寺谷（明王堂、法曼院政所、玉照院）～政所の辻～已講坂～大講堂（法華大会）

17. **島原・天草の諸道**

島原半島：諫早市～島原市（島原城趾、鉄砲町）～深江町～布津町～有家町～南有馬町（原城趾）～口之津町～西有家町～加津佐町（加津佐コレジョ趾）

天草諸島：五和町（鬼池港）～本渡市（茂木根、殉教公園＝本渡城趾、明徳寺、延慶寺）～苓北町（富岡城趾、鎮道寺）～天草町（高浜、大江天主堂、崎津天主堂）

18. 越前の諸道

足羽川に沿って：福井市～美山町～花山峠～大野市（宝慶寺）
九頭竜川に沿って：勝山市（平泉寺）～永平寺町～松岡町
福井市周辺：一乗谷朝倉氏遺跡～丸岡町（丸岡城趾）～福井市
武生へ：福井市～戸口坂～今立町～武生市
日野川から九頭竜川へ：武生市～木部新保～三国町
丹生山地：武生市～宮崎村（越前陶芸村）～織田町（たいら窯、織田劔神社）

19. 中国・江南のみち

蘇州：姑蘇飯店～友誼路～大運河～宝帯橋～盤門～胥門～閶門～北寺
杭州：清泰路～西冷賓館～岳王廟～龍井～塩官鎮～霊隠寺
紹興：魯迅故居～会稽山（禹廟）～紹興酒醸造工場
寧波：余姚～寧波（華僑飯店ほか）～三江口～甬江～天童山

20. 中国・蜀と雲南のみち

中国・蜀のみち……錦江賓館、都江堰、幸福人民公社、武侯祠、杜甫草堂、望江楼公園、四川大学
中国・雲南のみち……昆明飯店、滇池、西山（羅漢崖、三清閣、華亭寺）、雲南省博物館、高橋村、大観公園

21. 神戸・横浜散歩、芸備の道

芸備の道……可部～勝田～青田（桂峠、旧役場、郡山城趾、多治比・猿掛城趾、西浦）～甲田（高林坊）～三次市（岩脇古墳、丸山鉄穴場跡、鳳源寺）
神戸散歩……布引の滝～華僑歴史博物館～外国人基地～青丘文庫
横浜散歩……吉田橋～馬車道～灯台局跡～語学所跡～新港埠頭～港湾局～氷川丸

22. 南蛮のみちⅠ

バスクとそのひとびと……フランス：パリ（聖バルブ学院、モンマルトルの丘）
フランス領バスク：バイヨンヌ～ビダライ～サン・ミシェル～サン・ジャン・ピエ・ド・ポール（カンドウ神父の生家）
国境：ロンスヴォー峠
スペイン領バスク：ロンセスバージェス～パンプロナ～ザヴィエル城～サングエサ～アリバ～ロヨラ城～ゲタリア～サン・セバスチャン～ビトリア

23. 南蛮のみちⅡ

マドリード周辺……スペイン：マドリード（サン・ヘロニモ教会ほか）～トレド

〜エル・エスコリアル宮〜セゴビア
ポルトガル・人と海……リスボン特急：アトーチャ駅〜バレンシア・デ・アルカンタラ駅〜国境〜マルバウン・ベイラ駅〜サンタ・アポロニア駅
ポルトガル：リスボン（ジェロニモス修道院、海洋博物館、アルファマ地区）〜アルカセル・ド・サル〜グランドラ〜ラゴス〜サグレス岬

24. 近江散歩、奈良散歩

近江散歩……不破の関〜寝物語の里〜柏原宿（伊吹もぐさの店）〜彦根城〜姉川古戦場〜国友（鉄砲鍛冶の里）〜安土城趾〜近江八幡（西の湖・舟ゆき）
奈良散歩……多武峯・談山神社〜東大寺（二月堂・修二会、下ノ茶屋、参籠宿所）〜手貝町〜雑司町・空海寺〜興福寺（五重塔・宝物館）

25. 中国・閩のみち

上海〜福州（閩江大橋、西湖公園、福建省博物館）〜潘渡〜蓼沿〜飛竹〜福湖（ショー族の村）〜徳化（屈斗宮古瓷窰、徳化瓷廠、徳化中学）〜永春〜泉州（清浄寺、開元寺、泉州港、泉州、海外交通史博物館）〜厦門（南普陀寺ほか）

26. 嵯峨散歩、仙台・石巻

嵯峨散歩……京都・水尾の里〜渡月橋〜大悲閣〜千鳥ケ淵〜天龍寺〜松尾神社〜車折神社
仙台・石巻……仙台空港〜貞山堀〜竹駒神社〜仙台市（一番町、魯迅下宿跡、東北大学、大崎八幡宮）〜多賀城跡〜塩竈市（御釜神社、鹽竈神社）〜松島・瑞巌寺〜石巻市（日和山、ハリストス正教会）

27. 因幡・伯耆のみち、檮原街道

因幡・伯耆のみち……津山市〜黒尾峠〜智頭町〜国府町（因幡国庁跡）〜鳥取市（鳥取砂丘、白兎海岸）〜鹿野町（鹿野城址、幸盛寺）〜青谷町（夏泊）〜東郷町（倭文神社）〜三朝町（三仏寺）〜倉吉市〜大山町（大山寺）〜米子市〜境港市〜美保関町（美保関灯台、美保神社）
檮原街道（脱藩のみち）……高知市〜佐川町（青山文庫）〜須崎市〜葉山村〜東津野村（高野の茶堂）〜檮原町（千枚田、三島神社、宮野々関所跡、円明寺、竜王宮）〜地芳峠〜松山市

28. 耽羅紀行

第一次紀行：済州市（三姓穴、民俗自然史博物館、抗蒙遺跡〈紅坡頭里〉、観徳亭ほか）〜涯月〜翰林（挟才窟）〜西帰浦市（天帝淵、西好里、好近里、三和農園）〜漢拏山東麓〜榧子林〜細花〜金寧〜朝天里（恋北亭）〜済州大学校
第二次紀行：済州市〜朝天（神房の家、海女の里）

29. **秋田県散歩、飛騨紀行**
秋田県散歩……象潟町（蚶満寺）～秋田市（菅江真澄の墓、旧奈良家住宅）～男鹿半島（寒風山）～大潟村～能代市～大館市（狩野亨吉生家跡、十二所）～鹿角市（毛馬内、内藤湖南郷宅）～十和田湖
飛騨紀行……金山町（境橋）～下呂温泉～宮峠～宮村（臥龍桜、水無神社）～高山市（松倉城趾、高山陣屋）～国府町～古川町（殿町、数河高原）～神岡町（茂住）
30. **愛蘭土紀行Ⅰ**
イギリス：ロンドン（ウォルドーフ・ホテル、漱石記念館、イースト・エンド、ユーストン駅）～リヴァプール（ビートルズゆかりの地、リヴァプール大聖堂、メトロポリタン大聖堂）
アイルランド：ダブリン（ザ・グレシャム・ホテル、オコンネル通り、聖パトリック教会、マーテロ塔、トリニティ・カレッジ）
31. **愛蘭土紀行Ⅱ**
ダブリン～アスローン～ラウレア～ゴールウェイ～アラン島～ゴールウェイ～クール（レイディ・グレゴリーの館）～イニス～バンラティ～リメリック～キラーニィ～レイディス・ヴィユー峠（物見の塔、レプラコーンの標識）～ケンメア（バグパイプのパブ）～キャシェール～キルディア～ダブリン（聖ケヴィン修道院跡）
32. **阿波紀行、紀ノ川流域**
阿波紀行……大阪・深日港～淡路島～大鳴門橋～鳴門市（土佐泊、堂浦、大麻比古神社、ドイツ館、霊山寺）～藍住町（勝瑞城跡）～石井町（藍畑・田中家住宅）～徳島市～吉野町～脇町～三好町～池田町（白地）～祖谷
紀ノ川流域……岩出町（根来寺）～和歌山市（聖天宮法輪寺、和歌山城、日前国懸神宮）
33. **白河・会津のみち、赤坂散歩**
白河・会津のみち……白河市（白河の関跡、関川寺、白河基督正教会）～下郷町（大内宿）～磐梯町（恵日寺）～会津若松市（興徳寺、松平家廟所、飯盛山）
赤坂散歩……溜池～澄泉寺～氷川神社～勝海舟邸跡～弁慶堀～清水谷公園～豊川稲荷～高橋是清翁記念公園～乃木旧邸～山王権現
34. **大徳寺散歩、中津・宇佐のみち**
大徳寺散歩……真珠庵、大仙院、高桐院、聚光院、孤篷庵
中津・宇佐のみち……薦神社～宇佐神宮～中津（合元寺、郷土博物館、中津城趾福沢諭吉旧居）

35. **オランダ紀行**
アムステルダムとその周辺：アムステルダム（歴史博物館、レンブラントの家、海洋博物館）～ライデン（ライデン大学、ライデン市役所、ピルグリム・ファーザーズ旧居）～ホールン（西フリース博物館＝旧東インド会社）～デン・オエファー（大堤防、アイセル湖）～ナールデン
フランドル地方へ：アムステルダム～トーン～マーストリヒト～アーヘン～リエージュ～アントワープ（マルクト広場、ペリカン通り、ルーベンスの家、聖母大聖堂）～プッテ～キンデルダイク
ゴッホへの旅：アムステルダム（ゴッホ美術館）～アイントホーフェン～ニューネン（ゴッホ記念館）
36. **本所深川散歩、神田界隈**
本所深川散歩……永代橋～富岡八幡宮～吉良邸跡～亀沢～業平～浅草橋～隅田川～千住大橋～白鬚橋～両国橋～回向院
神田界隈……聖橋～湯島聖堂～ニコライ堂～神田明神～神田須田町～神田佐久間町～神田駿河台～神田神保町
37. **本郷界隈**
東大とその周辺：不忍池～弥生坂～東大構内（農学部・旧水戸徳川藩邸、旧加賀藩邸、三四郎池）～本郷給水所公苑～無縁坂～旧岩崎邸～麟祥院（からたち寺）～湯島天神～本郷三丁目～傘谷坂
千駄木周辺：団子坂～根津神社～郁文館～西善寺～大円寺～高林寺～蓮光寺
菊坂周辺：坪内逍遙旧居跡（春のや・常盤会跡）～炭団坂～真砂町～樋口一葉旧居跡～菊坂～誠之小学校（旧阿部藩邸）～福山坂
38. **オホーツク街道**
宗谷地方：稚内（抜海岬、野寒布岬、声問橋、オンコロマナイ遺跡、宗谷岬）～猿払村～浜頓別～枝幸（神威岬、目梨泊遺跡）
網走地方：興部～紋別（オムサロ遺跡）～常呂（常呂遺跡）～網走（卯原内、モヨロ貝塚、天都山、北方民族博物館、ジャッカ・ドフニ）～女満別（豊里遺跡）～小清水～斜里（宇登呂港、知床峠）
札幌：北海道開拓記念館
39. **ニューヨーク散歩**
セントラル・パーク～インウッド・ヒルズ～ハドソン川～ブルックリン橋～イースト川～プロスペクト公園～ウィリアムズバーグ～グリーンウッド共同墓地～コロンビア大学～コニー・アイランド
40. **台湾紀行**
冬の旅：台北（龍山寺、中正紀念堂、故宮博物院）～新竹～日月潭～嘉義～

烏山頭水庫（珊瑚潭）～台南（赤嵌楼、ゼーランジャ城）～高雄～台北
春の旅：高雄～新営～高雄～知本温泉～台東（旧台東神社、卑南郷）～花蓮（東浄寺、旧花蓮港神社、太魯閣）～基隆～台北

41. 北のまほろば

冬の旅：青森市～弘前市（石場家、弘前城、養生幼稚園ほか）～木造町（木造駅、カルコ）～鰺ケ沢町～市浦村（十三湖、福島城跡）～金木町（斜陽館）～田舎館村（垂柳遺跡）～青森市～野辺地町・平内町～むつ市（田名部、円通寺ほか）～川内町（蠣崎、畑のマタギ集落ほか）
夏の旅：青森市（三内丸山遺跡、棟方志功記念館ほか）～八甲田山～蟹田町～三厩村（厩石公園、龍飛崎）～小泊村～青森市～柏村（りんご園）

42. 三浦半島記

鎌倉：鶴岡八幡宮～問注所跡～江ノ島～極楽寺～源頼朝の墓～若宮大路～鎌倉国宝館～鎌倉権五郎神社～由比ケ浜～材木座
六浦道：青砥藤綱邸跡～十二所神社～朝比奈切通～六浦～称名寺～金沢文庫
横須賀：大楠山～秋谷～佐原～衣笠城跡～永嶋家赤門～三笠公園～料亭小松～信楽寺（坂本龍子の墓）～浦賀～久里浜

43. 濃尾参州記

名古屋市（名古屋城、熱田神宮、古鳴海、善照寺）～豊明市（桶狭間、藤田保健衛生大学、高徳院）～豊田市（松平郷、高月院）～岡崎市（大樹寺）

国別・地域別・都道府県別・街道別章名一覧

この一覧は『街道をゆく』全43巻の各章を国別・地域別・都道府県別・街道別に分類したものです。著者および同行者たちの集合地から記述が終了した地までを分類の対象としています。○数字は収録巻数を示し，複数の国・都道府県にまたがって行動している章はそれぞれの国・都道府県に表示してあります。

北海道

《北海道の諸道⑮》

函館，道南の風雲，寒冷と文化，高田屋嘉兵衛，函館ハリストス正教会，松前氏の成立，蝦夷錦，松前の孟宗竹，最後の城，レモン色の町，開陽丸，政治の海，開陽丸の航跡，江差の風浪，海岸の作業場，札幌へ，住居と暖房，札幌，厚田村へ，崖と入江，集治監，新十津川町，奴隷，屯田兵屋，関寛斎のこと，可憐な町

《オホーツク街道㊳》

縄文の世，モヨロの浦，札幌の三日，北天の古民族，韃靼の宴，遥かなる人々，アイヌ語学の先人たち，マンモスハンター，研究者たち，木霊のなかで，樺太からきた人々，宝としての辺境，花発けば，ウイルタの思想，コマイ，アイヌ語という川，遠い先祖たち，チャシ，貝同士の会話，雪のなかで，声問橋，宗谷，泉靖一，林蔵と伝十郎，大岬，大海難，黄金の川，佐藤隆広係長，紋別まで，森の中の村，小清水で，町中のアザラシ，斜里町，斜里の丘，流氷，旅の終わり

青森県

《陸奥のみち③》

奥州について，陸中の海，華麗ななぞ，南部衆，安藤昌益のこと，穀神の文化，鮫の宿，野辺地湾

《北のまほろば㊶》

古代の豊かさ，陸奥の名のさまざま，津軽衆と南部衆，津軽の作家たち，石坂の〝洋サン〟，弘前城，雪の本丸，半日高堂ノ話，人としての名山，満ちあふれる部屋，木造駅の怪奇，カルコの話，鰺ケ沢，十三湖，湖畔のしじみ汁，金木町見聞記，岩木山と富士山，翡翠の好み，劇的なコメ，田村麻呂の絵灯籠，二つの雪，山上の赤トンボ，志功華厳譜，棟方志功の「柵」，移ってきた会津藩，会津が来た話，祭りとえびすめ，斗南のひとびと，遠き世々，鉄が錦になる話，恐山近辺，三人の殿輩，蟹田の蟹，義経渡海，龍飛崎，リンゴの涙

岩手県
《陸奥のみち③》
穀神の文化，高山彦九郎の旅，久慈，鮫の宿
宮城県
《仙台・石巻㉖》
富士と政宗，沃土の民，神々のこと，宮城野と世々の心，屋台と魯迅，東北大学，大崎八幡宮，千載古人の心，塩と鉄，陸奥一宮，奥州の古風，詩人の儚さ，海に入る北上川，石巻の明るさ
秋田県
《秋田県散歩㉙》
象潟へ，占守島，合歓の花，一茶，覚林，植民地？，菅江真澄のこと，旧奈良家住宅，寒風山の下，海辺の森，鹿角へ，狩野亨吉，昌益と亨吉，ふるさとの家，湖南の奇跡，蒼龍窟
山形県
《羽州街道⑩》
山寺，紅花，芋煮汁，うこぎ垣，景勝のことなど，米沢の〝お手柄〟，最上川，狐越から上ノ山へ，山形の街路，花の変化
福島県
《白河・会津のみち㉝》
新幹線とタクシー，二つの関のあと，江戸期の関守，白河の関，黄金花咲く，東西戦争，関川寺，野バラの教会，山下りん，徳一，大いなる会津人，市街に眠る人びと，会津藩，幕末の会津藩，容保記
千葉県
《オランダ紀行㉟》
事はじめ，光る温室
東京都
《甲州街道①》
武蔵のくに，甲州街道，慶喜のこと，小仏峠，武州の辺疆
《白河・会津のみち㉝》
関東と奥州の馬
《赤坂散歩㉝》
最古の東京人，氷川坂界隈，清水谷界隈，お奉行と稲荷，高橋是清，乃木坂，ソバと穴，赤坂の閑寂，坂のあれこれ，山王権現
《本所深川散歩㊱》
深川木場，江戸っ子，百万遍，鳶の頭，深川の〝富〟，本所の吉良屋敷，勝海舟

と本所，本所の池，文章語の成立，隅田川の橋，白鬚橋のめでたさ，思い出のまち，回向院
《神田界隈㊱》
護持院ケ原，鷗外の護持院ケ原，茗渓，於玉ケ池，昌平坂，寒泉と八郎，漱石と神田，医学校，ニコライ堂の坂，平将門と神霊，神田明神下，神田雉子町，神田と印刷，火事さまざま，銭形平次，本屋風情，哲学書肆，反町さん，英雄たち，三人の茂雄，明治の夜学，法の世，法の学問，如是閑のこと
《本郷界隈㊲》
鴨がヒナを連れて，縄文から弥生へ，加賀屋敷，〝古九谷〟と簪，水道とクスノキ，見返り坂，藪下の道，根津権現，郁文館，無縁坂，岩崎邸，からたち寺，湯島天神，真砂町，給費生，一葉，福山坂，追分，水戸家，傘谷坂の雨，朱舜水，近藤重蔵，秋帆と洪庵，最上徳内，漱石と田舎，車中，三四郎池
《北のまほろば㊶》
蟹田の蟹
神奈川県
《横浜散歩㉑》
吉田橋のほとり，語学所跡，海と煉瓦，路傍の大砲，光と影
《北のまほろば㊶》
蟹田の蟹
《三浦半島記㊷》
武者どもの世，血と看経，時代の一典型，伊豆山権現，三浦大根と隼人瓜，三浦大介，房総の海，崖と海，〝首都〟の偉容，銀の猫，化粧坂，青砥藤綱の話，墓所へ登る，頼朝の存念，三浦一族の滅亡，鎌倉の段葛，鎌倉権五郎，横浜のなかの鎌倉文化，頼朝と秀吉，小栗の話，「三笠」，記憶の照度，昭和の海軍，久里浜の衝撃，ミッドウェー海戦，横浜・二俣川，鎌倉とキスカ島，一掬の水，鎌倉陥つ
新潟県
《モンゴル紀行⑤》
新潟から
《潟のみち⑨》
渟足柵と亀田郷，佐久間象山の詩，「郷」というもの，潟の中の小さな幕府，鳥屋野潟風景，滄桑の変，木崎村今昔，七十五年の藤，人の世のこと，山中の廃村，小さな隠れ里
《佐渡のみち⑩》
王朝人と佐渡，大佐渡・小佐渡，あつくしの神，真野の海へ，倉谷の大わらじ，

小木の海，鼠浄土，辻藤左衛門の話，孫悟空と佐渡，室町の夢，黄金の歴史，藤十郎の運命，二人の佐渡奉行，無宿人の道

富山県

《郡上・白川街道と越中諸道④》

五箇山の村上家，山ぶどう，立山の御師

福井県

《北国街道とその脇街道④》

記号としての客，気比の松原，木ノ芽峠の山塊，武生盆地，越前日野川の川上へ，栃ノ木峠から柳ケ瀬へ

《越前の諸道⑱》

越前という国，足羽川の山里，薄野，道元，山中の宋僧，宝慶寺の雲水，寂円の画像，越前勝山，白山信仰の背後，平泉寺の盛衰，衆徒の滅亡，菩提林，木洩れ日，永平寺，松岡町，一条兼良の荘園，将棋，丸岡城趾，福井平野，紙と漆，下流の畔，三国の千石船，丹生山地のふしぎさ，越前陶芸村，古越前，頑質，重良右衛門さん

長野県

《信州佐久平みち⑨》

しなの木と坂，上田の六文銭，捨聖一遍，山寺の中の浮世絵，千曲川点景，小波だつ川瀬，延喜式の御牧，望月の御牧

岐阜県

《郡上・白川街道と越中諸道④》

追分の道標，室町武家のこと，白川谷の村々

《飛騨紀行㉙》

飛騨のたくみ，飛騨境橋，春慶塗，左甚五郎，山頂の本丸，三人の人物，国府の赤かぶ，古都・飛騨古川，金銀のわく話，飛騨礼讃

愛知県

《濃尾参州記㊸》

東方からの馬蹄，田楽ケ窪，襲撃，後水尾・春庭・綾子，高月院，蜂須賀小六，家康の本質

三重県

《甲賀と伊賀のみち⑦》

伊賀上野，ふだらくの廃寺へ

滋賀県

《湖西のみち①》

楽浪の志賀，湖西の安曇人，朽木渓谷，朽木の興聖寺

《北国街道とその脇街道④》
海津の古港，記号としての客，栃ノ木峠から柳ケ瀬へ，余呉から木ノ本へ
《甲賀と伊賀のみち⑦》
甲賀へ，紫香楽宮趾
《叡山の諸道⑯》
最澄，そば，石垣の町，わが立つ杣，日吉の神輿，円仁入唐，横川へ，元三大師，タクワンの歴史，回峯行，木雞，大虐殺，鬱金色の世界，問答，法眼さん
《越前の諸道⑱》
越前という国
《近江散歩㉔》
寝物語の里，伊吹のもぐさ，彦根へ，金阿弥，御家中，浅井長政の記，塗料をぬった伊吹山，姉川の岸，近江衆，国友鍛冶，安土城趾と琵琶湖，ケケス，浜の真砂

京都府

《洛北諸道④》
スタスタ坊主，花背へ，杣料理，大悲山，無名の長州人，山国陵，御経坂峠
《丹波篠山街道④》
長岡京から老ノ坂へ，丹波亀岡の城
《叡山の諸道⑯》
円仁入唐，赤山明神，泰山府君，曼殊院門跡，数寄の系譜，水景の庭，ギヤマンの茶碗，横川へ，お不動さん，回峯行，探題，黒谷別所，鬱金色の世界，問答，法眼さん
《近江散歩㉔》
近江の人
《嵯峨散歩㉖》
水尾の村，水尾と樒が原，古代の景観，大悲閣，千鳥ケ淵，夢窓と天龍寺，豆腐記，渡月橋，松尾の大神，車折神社
《大徳寺散歩㉞》
紫野，高橋新吉と大徳寺，念仏と禅，真珠庵，思慕とエロス，『狂雲集』，禅風，金毛閣，松柏の志，大仙院，風飡水宿の譜，肥後椿，陽気な禅，小堀遠州
《オランダ紀行㉟》
日蘭交渉史・私記，「事実」への出発

大阪府

《河内みち③》
若江村付近，平石峠，香華の山，弘川寺，蟬の宿，ＰＬ教団，自衛の村，牢人と

篠山通れば，丹波焼，立杭から摂津三田へ
《那覇・糸満⑥》
那覇へ
《明石海峡と淡路みち⑦》
明石の魚棚，鹿の瀬漁場，播淡汽船，海彦・山彦，宮本常一氏の説，雲丹，海の神々，二つの洲本城，松と国分寺，松の淡路，飼飯の海
《砂鉄のみち⑦》
砂鉄の寸景，山鉄ヲ鼓ス
《種子島みち⑧》
種子島感想，南原城のことなど
《播州揖保川・室津みち⑨》
播州門徒，底つ磐根，鶏籠山，樽と琴の音，七曲，古き塚の狐，花のことども，岬の古社，一文不知
《中国・蜀のみち⑳》
はるかな地，入蜀
《神戸散歩㉑》
居留地，布引の水，生田川，陳徳仁氏の館長室，西洋佳人の墓，青丘文庫
《因幡・伯耆のみち㉗》
安住先生の穴，源流の村
《耽羅紀行㉘》
常世の国，焼跡の友情，俳句「颱風来」
《秋田県散歩㉙》
東北の一印象，象潟へ
《阿波紀行㉜》
淡路を経て，浪風ぞなき
《北のまほろば㊶》
古代の豊かさ

奈良県

《竹内街道①》
大和石上へ，布留の里，海柘榴市，三輪山，葛城山，竹内越
《葛城みち①》
葛城みち，葛城の高丘，一言主神社，高鴨の地
《甲賀と伊賀のみち⑦》
伊賀上野
《大和・壺坂みち⑦》

今井の環濠集落，高松塚周辺，植村氏の事，山坂四十四丁，城あとの森
《大和丹生川（西吉野）街道⑧》
ブンズイの里，川底の商家群，麦つき節
《五條・大塔村⑫》
五條へ，下界への懸橋，「十津川」の散見，天辻峠，続・天辻峠，大塔村，辻堂
《十津川⑫》
十津川へ入る，村役場，安堵の果て，新選組に追われた話，刺客たち，廊下の変事，文武館今昔，トチの実
《奈良散歩㉔》
歌・絵・多武峯，二月堂界隈，五重塔，阿修羅，雑華の飾り，光耀の仏，異国のひとびと，雑司町界隈，修二会，東大寺椿，過去帳，兜率天

和歌山県

《熊野・古座街道⑧》
熊野海賊の根拠地，山奥の港，一枚岩，薩摩の話，瀬の音，川を下りつつ，河原の牛，明神の若衆宿，古座の理髪店
《高野山みち⑨》
真田庵，政所・慈尊院，高野聖，森の青蛙，谷々の聖たち，沙羅双樹
《十津川⑫》
トチの実
《紀ノ川流域㉜》
根来，この僧，鉄砲の「杉之坊」，秀吉軍の弾痕，中世像の光源，雑賀の宴，鶴の渓，森の神々

鳥取県

《砂鉄のみち⑦》
和鋼記念館，まさご吹く吉備
《因幡・伯耆のみち㉗》
源流の村，家持の歌，鳥取のこころ，因幡采女のうた，劇的な農業，人と物と自然，白兎の浜，亀井茲矩のこと，茲矩と鷗外，夏泊，しづやしづ，伯耆国倉吉，『木綿口伝』，伯耆の鰯売り，海越しの大山

島根県

《長州路①》
津和野から益田へ，吉田稔麿の家
《砂鉄のみち⑦》
和鋼記念館，乾燥と湿潤，鉄と古代，森を慕う韓鍛冶，出雲の朝鮮鐘，出雲の吉田村，菅谷の高殿，まさご吹く吉備

岡山県
《砂鉄のみち⑦》
まさご吹く吉備，鉄の豪族，崖肌の木炭，吉井川の鋳物師
《因幡・伯耆のみち㉗》
源流の村
広島県
《芸備の道㉑》
三業惑乱，川と里，町役場，元就の枯骨，猿掛城の女人，西浦の里，高林坊，三次へ，水辺の民，岩脇古墳，鉄穴流し，鳳源寺
山口県
《長州路①》
長州路，壇之浦付近，海の道，三田尻その他，湯田，奇兵隊ランチ，瑠璃光寺など，津和野から益田へ
徳島県
《阿波紀行㉜》
浪風ぞなき，地に遺すもの，地獄の釜，水陸両用の屋根，阿波おどり，お遍路さん，三好長慶の風韻，脇町のよさ，池田への行路，『孫子』の地，祖谷のかづら橋
愛媛県
《南伊予・西土佐の道⑭》
伊予と愛媛，重信川，大森彦七のこと，砥部焼，大洲の旧城下，冨士山，卯之町，敬作の露地，法華津峠，宇和島の神，吉田でのこと，城の山，新・宇和島騒動，微妙な季節，神田川原，松丸街道，松丸と土佐，お道を
高知県
《南伊予・西土佐の道⑭》
お道を
《檮原街道（脱藩のみち）㉗》
遺産としての水田構造，自由のための脱藩，土佐人の心，佐川夜話，世間への黙劇，善之丞時化，坂龍飛騰，武陵桃源，津野山神楽，赤牛と黒牛の高原
福岡県
《豊後・日田街道⑧》
朝鮮陶工の塚
《蒙古塚・唐津⑪》
震天雷など，今津の松原，虹の松原
《壱岐・対馬の道⑬》

対馬の人，壱岐の卜部，唐人神
《中津・宇佐のみち㉞》
花イバラ，山国川
佐賀県
《蒙古塚・唐津⑪》
虹の松原，呼子の浦，唐津の黄塵
長崎県
《平戸⑪》
平戸の蘭館，船首像，尾根と窪地の屋敷町，蘭人の平戸往来，印山寺屋敷，按針と英国商館，宮の前の喧嘩
《横瀬・長崎⑪》
開花楼の豪傑たち，横瀬の浦，パードレ・トーレス，福田浦，長崎甚左衛門，教会領長崎，カラヴェラ船，慈恵院
《壱岐・対馬の道⑬》
唐人神，宅麿のこと，壱岐の田原，郷ノ浦，豆腐譚，曾良の墓，曾祖父の流刑地，神皇寺跡の秘仏，風濤，志賀の荒雄，厳原，国昌寺，対馬の〝所属〟，雨森芳洲，告身，溺谷，祭天の古俗，巨済島，山ぶどう，佐護の野，赤い米，千俵蒔山，佐須奈の浦
《島原・天草の諸道⑰》
松倉重政，城をつくる，がんまつ，サン・フェリペ号の失言，沖田畷の合戦，明暗，侍と百姓，南目へ，北有馬，口之津の蜂起，原城へ，板倉，城のひとびと，本丸の海，名残りの口之津，加津佐コレジヨ，天草諸島
熊本県
《肥薩のみち③》
阿蘇と桜島，田原坂，八代の夕映え，人吉の盆地，桃山の楼門，久七峠
《島原・天草の諸道⑰》
天草諸島，鬼池，本渡，木山弾正，国衆たち，延慶寺の梅，富岡城趾へ，四郎殿，サンチャゴ，海上の城，天草灘，上田宜珍，大江天主堂，崎津
大分県
《豊後・日田街道⑧》
国東から日出へ，油屋ノ熊八，由布院の宿，土地と植物の賊，梵音響流，豊後のツノムレ城，天領・日田郷，鵜匠，日田小景，朝鮮陶工の塚
《中津・宇佐のみち㉞》
八幡大菩薩，みすみ池，宇佐八幡，宇佐の杜，宇佐の裏道，如水と中津，花イバラ，中津城，百助のことなど，お順さん，中津の諭吉，山国川

鹿児島県
《肥薩のみち③》
久七峠，隠れ門徒，馬場の洋館，苗代川，薩摩びとについて，隼人，サムライ会社，竜ケ城
《種子島みち⑧》
南原城のことなど，鹿をなぐる人，鉄と鉄砲，島の雨，喜志鹿崎，骨董屋，千座の海鳴り
沖縄県
《那覇・糸満⑥》
那覇へ，沖縄について，那覇で，ホテルの食堂，空港の便所で，糸満にて
《石垣島・竹富島⑥》
石垣島，宮良殿内，竹富島へ，竹富島のＴ君，東シナ海の見張所，森の中の鍛冶遺跡，鉄と星砂，蒐集館の館主，波照間の娘
《与那国島⑥》
与那国島へ，南国食堂，小さな魚市，商売と商人，女の長の世，花酒，村の劇場
韓国
《加羅の旅②》
韓国へ，釜山の倭館，倭城と倭館，釜山にて，李舜臣，駕洛国の故地，金海の入江
《新羅の旅②》
首露王陵，新羅国，慶州仏国寺，歌垣，七人の翁，慕夏堂へ，倭ということ，沙也可の降伏，金忠善，友鹿の村，両班，沙也可の実在
《百済の旅②》
大邱のマッサージ師，賄賂について，洛東江のほとり，倭の順なること，李夕湖先生，百済仏，まぼろしの都，日本の登場，白村江の海戦，平済塔，近江の鬼室集斯
《耽羅紀行㉘》
三姓穴，塋域の記，石と民家，〝国民〟の誕生，郷校散策，士大夫の変化，北から南への旅，父老とカプチャン，神仙島，モンゴル帝国の馬，森から草原へ，お札の顔，朝天里の諸霊，不滅の風韻，思想の惨禍，車のはなし，故郷，虎なき里，憑きもの話，近くて遠い，シャーマン，泉靖一氏のこと，赤身露体，『延喜式』のふしぎ
ロシア（ソ連）
《ハバロフスクへ⑤》
偉大なる逆説，アムール川の靺鞨，通訳長，ボストーク・ホテル

《イルクーツクへ⑤》
イルクーツクへ，光太夫，モンゴル領事館，ブリャートの娘，匈奴，飛行機の中で
モンゴル
《ウランバートルへ⑤》
ウランバートル，ノモンハンの悪夢，丘の上から，逆縁，代理大使の冬，若者たち，人民たち，故郷とは
《ゴビへ⑤》
ゴビへ，ゴビ草原，チミドの詩，星の草原，ジンギス・カンの平和，流沙，ラクダたち，騎馬について，騎馬の場面，アルタン・トプチ，ゴビン・ハタン
中国
《中国・江南のみち⑲》
旅のはじめに，蘇州の壁，伍子胥の門，宝帯橋，盤門，呉と呉，呉音と呉服，胥門と閶門，亡命と錦帯橋，「うだつ」と樋，西湖の風，岳飛廟，茶について，茶畑の中で，急須，茶における中国と日本，娘村長さん，海寧県塩官鎮，乾隆奇譚，布袋さん，瓦流草，猹というけもの，越州の田舎密教，会稽山へ，禹廟と梅干，酒の話，余姚駅からの遠望，日本史の影，寧波雑感，船に乗る，戎克，ジャンクの遠征，目玉，銭の時代，天童山
《中国・蜀のみち⑳》
入蜀，蜀人の清潔，コンニャク問答，成都散策，風薫る海椒，鬼の肉，古代のダム，灌県の農家，孔明と紙，陳寿と孔明，孔明の政治，葛巾の像，浣花村，竹の園
《中国・雲南のみち⑳》
古代西南夷，銀樺の町，睡美人，滇池登高記，大航海者，昆明の昼寝，人間の集団のおそろしさ，イ族の村，石造アーチ橋，張飛の図，昆明路傍
《中国・閩のみち㉕》
文明交流の詩情，倶楽部，山を刻む梯田，福州の橋，独木舟，山から山へ，焼畑族，対々の山歌，雷峰を過ぐ，餅から鉄へ，天目茶碗，土匪と械闘，華僑の野と町，異教徒たち，『西遊記』ばなし，陶磁片とコンパス，泉州の出土船，イカリの話，七百年前の山中さん，夢のアモイ，厦門両天
フランス
《バスクとそのひとびと㉒》
カトリーヌ，カンドウ神父，ザヴィエルの右手，カルチェ・ラタンの青春，十六世紀の大学生，ロヨラの妖気，ザヴィエルの回心，夏の丘，回心という精神現象，ピレネー街道，コンチータ嬢，小さなホテル，バスク人たち，サン・ミシェル村，

アンジェラスの鐘，巡礼宿，隣家のプレート，国境へ，パンプロナの街角

スペイン

《バスクとそのひとびと㉒》

パンプロナの街角，少数者と国家，日本発見，ザヴィエル城の出現，ザヴィエル城の手前で，ザヴィエル城の居間で，ザヴィエルの勉強部屋，アリバ村で，ピレネーの谷，ロヨラの風骨，サン・セバスチャンの夜，少数者の都へ，ビトリアのホテルで，バスクの大統領

《マドリード周辺㉓》

悲惨のカスティーリャ，劇的な酔っぱらい，はるかな「征服」，超心理学，ヨーロッパの異端児，紙とスペイン，トレドの街灯の下，エル・エスコリアル宮

《ポルトガル・人と海㉓》

リスボン特急，ポルトガル人の顔，国境の駅

ポルトガル

《ポルトガル・人と海㉓》

国境の駅，リスボンの駅，リスボン第一夜，テージョ川の公女，大航海時代序曲，モラエスなど，ファドの店で，サグレス岬へ，サグレスの小石

イギリス

《愛蘭土紀行Ⅰ㉚》

ケルト人，ギリシア・ローマ文明の重さ，ケルトの妖精と幻視，〝鯨の村〟ホテル，明治の悲しみ，紳士と浮浪者，いまは昔，駅舎・空巣，リヴァプール到着，ビートルズの故郷，死んだ鍋，ヘンリー八世，ライアンの娘と大聖堂，郷に入っては

《オランダ紀行㉟》

光る温室

アイルランド

《愛蘭土紀行Ⅰ㉚》

郷に入っては，ベケット，オコンネル通り，スウィフトの寺，文学の街，ジョイスの砲台へ，神話と金銭，ウィスキーのEを飲む，ジョン・ライリー氏

《愛蘭土紀行Ⅱ㉛》

ジャガイモと大統領，ケルト的神秘，百敗と不滅，ゲール語，『静かなる男』，須田画伯と〝アラン島〟，ゴールウェイの雨，イルカのお供，カラハと葬送曲，岩盤の原，妖精たちの中へ，妖精ばなし，蔦からむ古塔，城が原，峠の妖精，甘い憂鬱，森の聖地，日本びいき，大戦下の籠城者，フォーク・グループの演奏会，神と女王陛下，ジョセフ・P・ケネディ，表現の国

オランダ

《オランダ紀行㉟》

光る温室，三人の迎えびと，ハイネと〝オランダ人〞，飛ぶオランダ人，名よりも実，流入者と自由，都市物語，鰊学校，慈愛号，商人紳士たち，レンブラントの家，ウナギの棲家，司教領だった村，パーンアッカー博士，三国瞥見，ベルギーのユーモア，「地獄への第一歩の水門」港，ドン・キホーテ，ピョートルが見たもの，星形の都市，緑なす要塞，入念村にゆくまで，ゴッホの前半生，ブラバント弁，ヒースの原，愛と理解，変った人，魂とかたち，シーボルトの栃の実，最後のオランダ人教師

ドイツ

《オランダ紀行㉟》

三国瞥見

ベルギー

《オランダ紀行㉟》

三国瞥見，コロッケ，ユダヤの街，ルーベンスの家，『フランダースの犬』のあとさき，ベルギーのユーモア

アメリカ

《ニューヨーク散歩㊴》

マンハッタン考古学，平川英二氏の二十二年，ブルックリン橋，橋をわたりつつ，ウィリアムズバーグの街角，ハリスの墓，コロンビア大学，ドナルド・キーン教授，角田柳作先生，御伽草子，ハドソン川のほとり，学風，日本語，奈良絵本，ホテルと漱石山房，さまざまな人達

台湾

《台湾紀行㊵》

でこぼこの歩道，歴史の木霊，二隻の船，李登輝さん，続・李登輝さん，南の俳人たち，老台北，馬のたとえ，児玉・後藤・新渡戸，潜水艦を食べる話，客家の人たち，看板，魂魄，沈乃霖先生，伊沢修二の末裔，海の城，海獠の貴公子，八田與一のこと，珊瑚潭のほとり，鬼，山川草木，嘉義で思ったこと，山中の老人，日本丸が迎えに，浦島太郎たち，大恐慌と動乱，寓意の文化，山人の怒り，大野さん，千金の小姐，花蓮の小石，太魯閣の雨

司馬遼太郎《しばりょうたろう》　旅《たび》のことば　朝日文庫

2012年11月30日　第1刷発行

編　　者　朝日新聞出版

発 行 者　市 川 裕 一
発 行 所　朝日新聞出版
〒104-8011　東京都中央区築地5-3-2
電話　03-5541-8832（編集）
03-5540-7793（販売）
印刷製本　大日本印刷株式会社

Published in Japan by Asahi Shimbun Publications Inc.

ISBN978-4-02-264689-7

「司馬遼太郎記念館」のご案内

司馬遼太郎記念館は自宅と隣接地に建てられた安藤忠雄氏設計の建物で構成されている。広さは、約2300平方メートル。2001年11月に開館した。

数々の作品が生まれた自宅の書斎、四季の変化を見せる雑木林風の自宅の庭、高さ11メートル、地下1階から地上2階までの三層吹き抜けの壁面に、資料本や自著本など2万余冊が収納されている大書架、……などから一人の作家の精神を感じ取っていただく構成になっている。展示中心の見る記念館というより、感じる記念館ということを意図した。この空間で、わずかでもいい、ゆとりの時間をもっていただき、来館者ご自身が思い思いにしばし考える時間をもっていただきたい、という願いを込めている。　（館長　上村洋行）

利用案内

所在地　大阪府東大阪市下小阪3丁目11番18号　〒577-0803
TEL　06-6726-3860，06-6726-3859（友の会）
HP　http://www.shibazaidan.or.jp
開館時間　10:00～17:00（入館受付は16:30まで）
休館日　毎週月曜日（祝日・振替休日の場合は翌日が休館）
特別資料整理期間（9/1～10）、年末・年始（12/28～1/4）
※その他臨時に休館することがあります。

入館料

	一般	団体
大人	500円	400円
高・中学生	300円	240円
小学生	200円	160円

※団体は20名以上
※障害者手帳を持参の方は無料

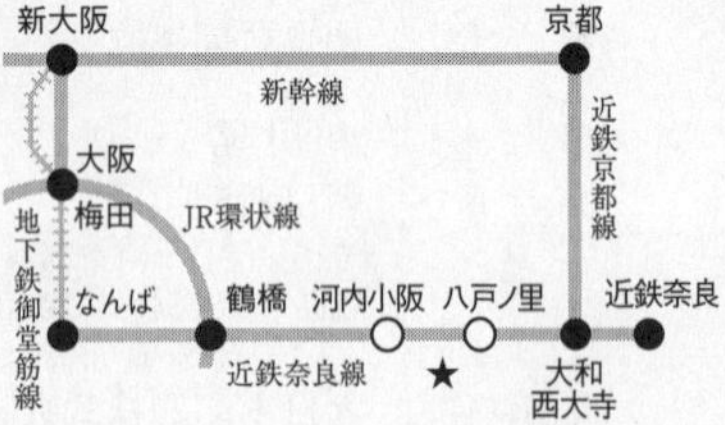

アクセス　近鉄奈良線「河内小阪駅」下車、徒歩12分。「八戸ノ里駅」下車、徒歩8分。
Ⓟ5台　大型バスは近くに無料一時駐車場あり。但し事前にご連絡ください。

記念館友の会　ご案内

友の会は司馬作品を愛し、記念館を支えてくださる会員の皆さんとのコミュニケーションの場です。会員になると、会誌「遼」（年4回発行）をお届けします。また、講演会、交流会、ツアーなど、館の行事に会員価格で参加できるなどの特典があります。

年会費　一般会員3000円　サポート会員1万円　企業サポート会員5万円
お申し込み、お問い合わせは友の会事務局まで
TEL 06-6726-3859　FAX 06-6726-3856